Häa-net.com
哈福網路商城

Häa-net.com
哈福網路商城

Häa-net.com
哈福網路商城

Häa-net.com
哈福網路商城

新日檢
一次過關靠這本

N5 文字
　　語彙

楊美玲　◎編著
渡部由里　◎審訂

哈福

日本東京外語大—林小瑜：
跟我這樣讀 一次過關沒問題

俗話說：「工欲善其事，必先利其器。」

當您下定決心參加日語檢定時，首要工作是「幫自己選擇一套優良的新日檢工具書」，才能讓自己一次就過關！本公司出版<新日檢一次過關靠這本>，就是您最正確選擇。佳評如潮，很多讀者來電，來信致謝：「讓我們花最少的時間，用最輕鬆的心情，省時省力，命中率高，一考就過關。」

「新日語檢定」（日本語能力試驗），簡單的說就是「日語版托福」，共分N1，N2，N3，N4，N5。N5最簡單，N1最難！不過，可依個人能力或需要選擇考試級數，不一定要一級一級考上去，所以考生如果覺得自己實力夠，不妨直接挑戰N2或N1！

日檢不論哪個級數，試題內容均含：①「文字・語彙」、②「聽解」、③「讀解・文法」三大項，準備階段可多做模擬考題（考古題也可以），以便「熟悉考試方法和考題方向」，練就一身膽識，英勇上考場，不致於心慌慌，手茫茫。

誠如**名作家、電視節目主持人吳淡如所說**，她唸北一女時，高一和高二，成績都很不理想，高三急起直追，每天就

是做考古題，高三終於名列前茅。最後考上第一志願---台大法律系，就是拜多做模擬試題和考古題之賜。

台大研究所教授在第一節上課時，都會先跟同學說明這一學期，期中考和期末考的考試方向，有了方向，朝著目標去準備，合格都沒問題。

以前的舊日檢有出版考古題，現在的新日檢還沒有考古題，但做以前的考古題也是有很大的幫助，了解考試方向和題型，可以先穩定軍心。

以下就我通過N1檢定的經驗，將各級和各項目新日檢，重點準備方向和提示如下，跟著我的腳步走，不論考N幾，一次過關沒問題！

1 **「文字・語彙」**：文字（單字）及語彙（片語）是構成語言的基礎，學習的要領：除了「背多分」，還是「背多分」！ 對於同為使用漢字國家，「文字・語彙」可說是送分題，稍微努力就可獲得高分，因日檢有無過關，是按總分計算，不論各科高低，身為中國人，這部份佔了很大的便宜，所以千萬要多加油哦！

日文源於唐朝時期的遣唐使將中文引進日本，學日文就像會晤遠房親戚，同中有異，異中有同！現今使用的日文漢字中，除沿用中國的漢字，還有部份和製漢字，及外來語。扣除來自中國的漢字、已知的英單字（外來語），要學的只有和製漢字及沒學過的歐美單字和發音了！而且日檢各級「文字・語彙」有其範圍，準備起來

真的不是大海撈針！了解其來龍去脈後，您對「文字·語彙」，是不是更有把握！

2 **「讀解·文法」**：「讀解」也就是我們所熟悉的閱讀測驗，閱讀能力好壞和自己所具備的單字、片語量有很大的關係。根據我的經驗，大量閱讀是很重要的，記得不要怕閱讀，因為文章裡頭，大部份都是漢字，夾雜的日文，您只要根據漢字前後文，都可以猜出整句的意思。

有很多人掙扎「學外語要不要學文法？」這個問題當然是「肯定要學」！不學文法如何正確掌握句子所要表達的意思?!對於中國人來說，日文法中最難的恐怕是「五段動詞變化」了，學習日語五段動詞變化時，記得要發揮自己「化繁為簡」的潛力，不要隨著冗長的文字　述團團轉，建議可將重點自製成表格，這樣才可更迅速、有條理地裝進腦袋中。

其實日文文法要學的不多，無需鑽牛角尖，購買文法書時，只要選擇自己覺得最容易看懂的文法書即可，無需一口氣買好幾本，才不會自己嚇自己，會的也變不會了！

3 「**聽解**」：學習日語的四部曲——聽、說、讀、寫中，「讀與寫」可速成，考前臨時抱佛腳，短期內「賺到」好幾分不無可能。但「聽與說」就得靠平時累積，才會有實力！「說」的部份新日檢不考，在此暫不討論。至於準備「聽解」則別無他法，就是要多聽，讓自己習慣日語的語調。至於要聽什麼？

看電視—因出題者是日本人，考前當然從日本去尋找題材，建議可多聽日本NHK新聞，重要國際新聞、社會時事是命題中心，同樣的新聞可自行錄音，反複多聽幾次，甚至不看畫面，只用耳朵聽也是很好的聽力訓練方式，因為正式「聽解」考試題目，也只是用聽的而已哦！

上網—網路無國界，透過網路—Youtube，google翻譯，Facebook交友都是很好日語學習管道。你也可以收看到很多日本即時新聞節目，此外看看自己喜歡的日劇，聽聽自己喜歡的日文歌曲，唱唱卡拉OK，都能寓教於樂，讓日語生活化，發現日語可愛之處，才會愛上日語，促使自己繼續學習下去的動力哦！

日本東京外語大　林小瑜

日本語能力檢定測驗是一個什麼樣的測驗？

日本語能力檢定測驗是由「日本國際教育協會」及「國際交流基金」，分別在日本及世界各地為學習日語的人，測驗日語能力的一種考試。每年7月和12月的第一個星期日。這一考試從1991起首度在台灣舉行，由交流協會主辦，「財團法人語言訓練測驗中心」協辦。每年7月和12月的第一個星期日。

日文檢定考有些類似日文版的「托福」

「日本語能力檢定測驗」簡單地說，有點類似日文版的「托福」，想到日本留學，就要考「日本語文能力檢定測驗」；兩者不同的是，新日檢分成5個等級，N5最簡單，N1最難。而且沒有規定必須要一級一級考上去，所以考生如果覺得自己實力夠，可以直接報考N2或N1。

日本檢定考的測驗成績有何作用？

日檢測驗成績可檢測評量，不是以日語為母語者之能力，無論到日本留學或在日商公司任職，都是日語程度證明的依據。赴日留學時，「日本語能力檢定測驗」的成績，就可以作為證明考生的日語能力，以提供學校甄選。通常日本的大學、短大至少都要求N2的程度，而較好的學校當然一定要N1的程度才能申請。除此之外，還可以作為求職時的日語能力證明。

考試內容

級別	N1 （學習約900小時）	
試題內容	言語知識 （文字‧語彙‧文:法）	
考試時間	讀解	聽解
	110分鐘	60分鐘
認定標準	1. 漢字2000字左右，單字10000字左右。 2. 學會高度的文法。 3. 具備生活所需、大學基礎學習能力。 4. 能理解在廣泛情境之下所使用之日語。 5. 在讀解部份，可閱讀報紙社論、評論等論述性文章。 6. 能夠閱讀較複雜，以及較抽象之文章，並了解其結構及涵意。 7. 在聽解部份，可聽懂常速且連貫性的對話、新聞報導及講課，且能理解話題走向、內容、人物關係及說話內容，並確實掌握其大意。	
級別	N2 （學習約600小時）	
考試時間	讀解	聽解
	105分鐘	50分鐘
認定標準	1. 漢字1000字左右，單字6000字左右。 2. 學會中高程度文法。 3. 具備日常生活會話以及中級書寫文章能力。 4. 了解日常生活所使用之日語，和理解較廣泛情境日語會話。 5. 在讀解部份，能看懂報紙、雜誌報導、解説、簡易評論等文章。 6. 能閱讀一般話題之讀物，理解事情的脈絡和其意涵。 7. 在聽解部份，能聽懂日常生活情境會話，和常速、連貫之對話、新聞報導，也可理解其話題內容及人物關係，掌握其大意。	
級別	N3 （學習約450小時）		
試題內容	言語知識 （文字‧語彙）	言語知識(文法) 讀 解	聽 解
考試時間	30分鐘	70分鐘	40分鐘
認定標準	1. 漢字600字左右，單字3750字左右。 2. 學會中等文法。 3. 具備日常生活會話及簡單書寫文章能力，能理解基礎日語。 4. 在讀解部份，可看懂基本語彙，及漢字的日常生活話題文章。 5. 在聽解部份，可聽懂速度慢之日常會話。		

級別	N4 （學習約300小時）		
試題內容	言語知識(文字‧語彙)	言語知識(文法) 讀 解	聽 解
考試時間	30分鐘	60分鐘	35分鐘
認定標準	1. 漢字300字左右，單字1500字左右。 2. 學會中等文法。 3. 具備日常生活會話及簡單書寫文章能力。能理解基礎日語。 4. 在讀解部份，可以看懂基本語彙，和漢字描述日常生活相關之文章。 5. 在聽解部份，能聽懂速度慢之日常會話。		
級別	N5（學習約150小時）		
試題內容	言語知識(文字‧語彙)	言語知識(文法) 讀 解	聽 解
考試時間	25分鐘	50分鐘	30分鐘
認定標準	1. 漢字100字左右，單字800字左右。 2. 學會初級文法。 3. 具備簡單交談、閱讀、書寫短句、短文能力。 4. 能大致理解基礎日語。 5. 在聽解部份，能看懂以平、片假名，和日常生活使用之漢字書寫之詞句、短文及文章。 6. 在聽解部份，在課堂上或日常生活中，常接觸之情境會話，如為速度較慢之簡短對話，可了解其中意思。		

如何報名參加「日本語能力檢定測驗」？

日文檢定考可是不限年齡，不分男女老少的！所以，除了留學及求職外，也可以針對興趣挑戰一下！

1.什麼時候舉行？

每年7月和12月的第一個星期日。去年全球共約650,000人報考，台灣地區約有65,000人報考。

2.在哪裡舉行？

考區分台北、台中與高雄考區。

3.報名方式：通信報名（以郵戳為憑）

如要報考新日檢，報名一律採網路登錄資料 → 繳費 → 郵寄報名表 → 完成。考生請先購買報名資料（內含「受驗案內」、「受驗願書」）。然後參閱「受驗案內」（報名手冊）的說明，仔細填寫「受驗願書」（報名表），並貼上一吋相片，最後連同測驗費（用郵政匯票）以掛號郵寄：

10663台北郵政第23-41號信箱

語言訓練測驗中心　　收

4. 測驗費和繳費方式

測驗費：每名1,500元
(1) 自動櫃員機(ATM)轉帳；(2) 超商代收：(免手續費)； (3) 郵局代收：(免手續費)

5. 洽詢單位

a 交流協會台北事務所
地址：台北市松山區慶城街28號通泰商業大樓1樓
TEL:02-2713-8000
FAX:02-2713-8787
網址：www.japan-taipei.org.tw
b 語言訓練測驗中心
地址：10663台北市辛亥路二段170號
電話：(02)2362-6385 傳真：(02)2367-1944
網址： www.lttc.ntu.edu.tw

於報名期間內（郵戳為憑）以掛號郵寄至「10663 台北市辛亥路
二段 170 號 語
言訓練測驗中心 日本語能力試驗報名處」，始完成報名手續。

以上資料若有任何變更，請依簡章上寫的為準。或上「日本語能力
試驗」相關資訊，可查閱「日本語能力試驗公式ウェブサイト」，
網址是：http://www.jlpt.jp/。

6. 及格者頒發合格證書

　　N1~N3和N4、N5的分項成績有些不同。成績經交流協會閱
卷後，語言訓練中心會寄「合否結果通知書」（成績單）給
應試者。及格者同時附上「日本語能力認定書」。

　　但要符合下列二項條件才判定合格：①總分達合格分數
以上；②各分項成績，須達各分項合格分數以上。如有一科
分項成績未達合格分數，無論總分多高，也會判定不合格，
或其中有任一測驗科目缺考者，就判定不合格，雖會寄「合
否結果通知書」，不過，所有分項成績，包括已出席科目在
內，均不予計分。

　　N1~N3和N4、N5各等級總分通過標準，與各分項成績合格

分數，如下表：

級數	總分		分項成績					
			言語知識 （文字・語彙・ 文法）		讀解		聽解	
	總分	合格 分數	總分	合格 分數	總分	合格 分數	總分	合格 分數
N1	180分	100分	60分	19分	60分	19分	60分	19分
N2	180分	90分	60分	19分	60分	19分	60分	19分
N3	180分	95分	60分	19分	60分	19分	60分	19分

級數	總分		分項成績			
			言語知識 （文字・語彙・文 法）・讀解		聽解	
	總分	合格分數	總分	合格分數	總分	合格分數
N4	180分	90分	120分	38分	60分	19分
N5	180分	80分	120分	38分	60分	19分

目　錄

目 録

□冬
（ふゆ）

【名】冬天，冬季

この辺りは、冬になると雪が降ります。

這附近一到冬天就會下雪。

□フランス
（France）

【名】法國

ヨーロッパでは、フランスが一番好きです。

歐洲我最喜歡法國。

□降る
（ふる）

【自五】（雨、雪等）下，降

雨が降っても行くつもりです。

即使下雨我也準備去。

□振る
（ふる）

【他五】揮動，搖動；撒

手を振って別れました。

揮手告別了。

□古い
（ふるい）

【形】古老，年久；老式

彼らはとても古い家に住んでいます。

他們住在一間古老的房子。

漢字　原文　假名　外來語　詞性　常用字意　第二種解釋　輔助說明

符號一覽表

1. 詞類

【名】……名詞　　　【代】……代詞　　　【數】……數詞
【副】……副詞　　　【感】……感嘆詞　　【形】……形容詞
【形動】…形容動詞　【接尾】…接尾詞　　【補動】……補助動詞
【接續】…接續詞、接續助詞

2. 活用語類

【他五】……他動詞五段活用　　【自五】……自動詞五段活用
【他上一】…他動詞上一段活用　【自上一】…自動詞上一段活用
【他下一】…他動詞下一段活用　【自下一】…自動詞下一段活用
【他サ】……他動詞サ變活用　　【自サ】……自動詞サ變活用

第一篇

日檢第一步　學會平・片假名

書寫練習

| 安 | 以 | 宇 | 衣 | 於 |

| あ | い | う | え | お |

あ	あ	い	い	う	う	え	え	お	お
あ	あ	い	い	う	う	え	え	お	お
あ	あ	い	い	う	う	え	え	お	お
あ	あ	い	い	う	う	え	え	お	お

阿	伊	宇	江	於

ア	イ	ウ	エ	オ

ア	ア	イ	イ	ウ	ウ	エ	エ	オ	オ
ア	ア	イ	イ	ウ	ウ	エ	エ	オ	オ
ア	ア	イ	イ	ウ	ウ	エ	エ	オ	オ
ア	ア	イ	イ	ウ	ウ	エ	エ	オ	オ

加	幾	久	計	己

か	き	く	け	こ

か	か	き	き	く	く	け	け	こ	こ
か	か	き	き	く	く	け	け	こ	こ
か	か	き	き	く	く	け	け	こ	こ
か	か	き	き	く	く	け	け	こ	こ

加	幾	久	介	己
カ	キ	ク	ケ	コ

カ	カ	キ	キ	ク	ク	ケ	ケ	コ	コ
カ	カ	キ	キ	ク	ク	ケ	ケ	コ	コ
カ	カ	キ	キ	ク	ク	ケ	ケ	コ	コ
カ	カ	キ	キ	ク	ク	ケ	ケ	コ	コ

左	之	寸	世	曾

さ	し	す	せ	そ

さ	さ	し	し	す	す	せ	せ	そ	そ
さ	さ	し	し	す	す	せ	せ	そ	そ
さ	さ	し	し	す	す	せ	せ	そ	そ
さ	さ	し	し	す	す	せ	せ	そ	そ

散	之	須	世	曾

サ	シ	ス	セ	ツ

サ	サ	シ	シ	ス	ス	セ	セ	ソ	ソ
サ	サ	シ	シ	ス	ス	セ	セ	ソ	ソ
サ	サ	シ	シ	ス	ス	セ	セ	ソ	ソ
サ	サ	シ	シ	ス	ス	セ	セ	ソ	ソ

| 太 | 知 | 川 | 天 | 止 |

| だ | ち | つ | て | と |

た	た	ち	ち	つ	つ	て	て	と	と
た	た	ち	ち	つ	つ	て	て	と	と
た	た	ち	ち	つ	つ	て	て	と	と
た	た	ち	ち	つ	つ	て	て	と	と

多	千	川	天	止

タ	チ	ツ	テ	ト

タ	タ	チ	チ	ツ	ツ	テ	テ	ト	ト
タ	タ	チ	チ	ツ	ツ	テ	テ	ト	ト
タ	タ	チ	チ	ツ	ツ	テ	テ	ト	ト
タ	タ	チ	チ	ツ	ツ	テ	テ	ト	ト

奈	仁	奴	祢	乃

な	に	ぬ	ね	の

な	な	に	に	ぬ	ぬ	ね	ね	の	の
な	な	に	に	ぬ	ぬ	ね	ね	の	の
な	な	に	に	ぬ	ぬ	ね	ね	の	の
な	な	に	に	ぬ	ぬ	ね	ね	の	の

| 奈 | 仁 | 奴 | 祢 | 乃 |

| ナ | ニ | ヌ | ネ | ノ |

ナ	ナ	ニ	ニ	ヌ	ヌ	ネ	ネ	ノ	ノ
ナ	ナ	ニ	ニ	ヌ	ヌ	ネ	ネ	ノ	ノ
ナ	ナ	ニ	ニ	ヌ	ヌ	ネ	ネ	ノ	ノ
ナ	ナ	ニ	ニ	ヌ	ヌ	ネ	ネ	ノ	ノ

波	比	不	部	保

は	ひ	ふ	へ	ほ

は	は	ひ	ひ	ふ	ふ	へ	へ	ほ	ほ
は	は	ひ	ひ	ふ	ふ	へ	へ	ほ	ほ
は	は	ひ	ひ	ふ	ふ	へ	へ	ほ	ほ
は	は	ひ	ひ	ふ	ふ	へ	へ	ほ	ほ

八	比	不	部	保

ハ	ヒ	フ	ヘ	ホ

ハ	ハ	ヒ	ヒ	フ	フ	ヘ	ヘ	ホ	ホ
ハ	ハ	ヒ	ヒ	フ	フ	ヘ	ヘ	ホ	ホ
ハ	ハ	ヒ	ヒ	フ	フ	ヘ	ヘ	ホ	ホ
ハ	ハ	ヒ	ヒ	フ	フ	ヘ	ヘ	ホ	ホ

末	美	武	女	毛

ま	み	む	め	も

ま	ま	み	み	む	む	め	め	も	も
ま	ま	み	み	む	む	め	め	も	も
ま	ま	み	み	む	む	め	め	も	も
ま	ま	み	み	む	む	め	め	も	も

末	三	牟	女	毛

マ	ミ	ム	メ	モ

マ	マ	ミ	ミ	ム	ム	メ	メ	モ	モ
マ	マ	ミ	ミ	ム	ム	メ	メ	モ	モ
マ	マ	ミ	ミ	ム	ム	メ	メ	モ	モ
マ	マ	ミ	ミ	ム	ム	メ	メ	モ	モ

也		由		与	
や		ゆ		よ	
や	や	ゆ	ゆ	よ	よ
や	や	ゆ	ゆ	よ	よ
や	や	ゆ	ゆ	よ	よ
や	や	ゆ	ゆ	よ	よ

也	由	與

ヤ	ユ	ヨ

ヤ	ヤ	ユ	ユ	ヨ	ヨ
ヤ	ヤ	ユ	ユ	ヨ	ヨ
ヤ	ヤ	ユ	ユ	ヨ	ヨ
ヤ	ヤ	ユ	ユ	ヨ	ヨ

良	利	留	礼	呂

ら	り	る	れ	ろ

ら	ら	り	り	る	る	れ	れ	ろ	ろ
ら	ら	り	り	る	る	れ	れ	ろ	ろ
ら	ら	り	り	る	る	れ	れ	ろ	ろ
ら	ら	り	り	る	る	れ	れ	ろ	ろ

良	利	流	礼	呂

ラ	リ	ル	レ	ロ

ラ	ラ	リ	リ	ル	ル	レ	レ	ロ	ロ
ラ	ラ	リ	リ	ル	ル	レ	レ	ロ	ロ
ラ	ラ	リ	リ	ル	ル	レ	レ	ロ	ロ
ラ	ラ	リ	リ	ル	ル	レ	レ	ロ	ロ

和		遠		无	
わ		を		ん	
わ	わ	を	を	ん	ん
わ	わ	を	を	ん	ん
わ	わ	を	を	ん	ん
わ	わ	を	を	ん	ん

和		乎		尔	
ウ		ヲ		ン	
ワ	ワ	ヲ	ヲ	ン	ン
ワ	ワ	ヲ	ヲ	ン	ン
ワ	ワ	ヲ	ヲ	ン	ン
ワ	ワ	ヲ	ヲ	ン	ン

MEMO

第二篇

電腦精選　激發記憶潛能

N5必考文字・語彙

□ああ	【感】（表示驚訝等）唉呀，呀
	ああ、きれいな花ですね。
	啊呀！真是美麗的花！
□会う （あう）	【自五】見面，會見
	また会いましょう。
	再見了。
□青い （あおい）	【形】綠的，藍的，青的
	青いセーターはありますか？
	有藍色毛衣嗎？
□赤い （あかい）	【形】紅，紅色
	赤いりんごはありますか？
	有紅蘋果嗎？
□明るい （あかるい）	【形】光明的，明亮的
	明るい部屋が好きです。
	我喜歡明亮的房間。
□秋 （あき）	【名】秋天
	柿は秋の果物です。
	柿子是秋天的水果。
□開く （あく）	【自五】打開，開（著）
	風で窓が開きました。
	風把窗戶吹開了。

□開ける （あける）	【他下一】打開 窓を開けてください。 請打開窗戶。
□上げる （あげる）	【他下一】送給；舉起 手を上げてください。 請舉起手來。
□朝 （あさ）	【名】早晨 朝は、何時に起きますか？ 早上幾點起來?
□朝御飯 （あさごはん）	【名】早餐 朝ご飯は何を食べましたか？ 你早餐吃什麼?
□明後日 （あさって）	【名】後天 あさっては学校に来ます。 後天來學校。
□足 （あし）	【名】腳 足が大きいですね。 腳真大。
□味 （あじ）	【名】味道 このスープは味が薄いですね。 這湯的味道很淡。
□明日 （あした）	【名】明天 あしたは日曜日です。 明天是星期天。
□あそこ	【代】那邊，那裡 あそこから掃除しましょう。 從那裡開始打掃吧!

□遊ぶ （あそぶ）	【自五】遊玩，玩耍 子供は公園で遊んでいます。 小孩在公園玩。
□暖かい （あたたかい）	【形】溫暖；親切 暖かい風が吹いてきました。 吹來溫暖的風。
□頭 （あたま）	【名】頭，頭腦 彼は頭がいいです。 他頭腦很好。
□新しい （あたらしい）	【形】新的；新鮮的 その靴は、新しいですか？ 那雙鞋子是新的嗎？
□あちら	【代】那兒，那裡 本屋はあちらにあります。 書店在那裡。
□厚い （あつい）	【形】厚；（感情、友情）深厚 パンを厚く切ってください。 請把麵包切厚。
□熱い （あつい）	【形】熱的，燙的 お湯は熱いから、気をつけてください。 熱水很燙，小心點。
□暑い （あつい）	【形】（天氣）熱，炎熱 毎日暑くて、嫌ですね。 每天都很熱，真叫人討厭。

□後 （あと）	【名】後面；不久的以後 犬が後からついてきました。 狗從後面跟過來。
□あなた	【代】你；（妻子叫先生）喂 あなたの家はどこですか？ 你家在哪裡？
□兄 （あに）	【名】哥哥，兄長 兄は大学生です。 哥哥是大學生。
□姉 （あね）	【名】姐姐 姉は教師をしています。 姊姊從事教師的工作。
□あの	【連體】那（個） あの人は先生ですか？ 那個人是老師嗎？
□あの（う）	【感】喂，啊；（用在調整語氣時）這個麻 あのう、ちょっと教えてください。 喂，請教一下。
□アパート （apartment）	【名】公寓 きれいなアパートですね。 眞是漂亮的公寓。
□浴びる （あびる）	【他上一】淋、浴 毎日シャワーを浴びています。 每天都沐浴。

39

□危ない （あぶない）	【形】危險 危ないからやめましょう。 很危險的別幹了。
□甘い （あまい）	【形】甜 甘いものが好きですか？ 你喜歡甜食嗎？
□余り （あまり）	【副】（後接否定）不太… あの映画はあまり面白くありませんでした。 那齣電影部怎麼有趣。
□雨 （あめ）	【名】雨，雨天 雨が降りました。 下雨了。
□洗う （あらう）	【他五】沖洗 水で洗います。 用水洗。
□ありがとう	【寒喧】謝謝 お電話、ありがとう。 謝謝你打電話來。
□ある	【自五】在 机の上に本があります。 書在桌上。
□ある	【自五】有 田中さんには３人の子どもがあります。 田中有三個孩子。

□**歩く** （あるく）	【自五】走，步行 歩きながら話しましょう。 邊走邊説吧！
□**あれ**	【代】（事物）那 あれは何ですか？ 那是什麼？

▲機場

□ 良い （いい／よい）	【形】好，可以 食^たべてもいいですか？ 可以吃嗎?
□ いいえ	【感】（用於否定）不是，不對 いいえ、違^{ちが}います。 不，不是的。
□ 言う （いう）	【他五】說；叫做 私^{わたし}は林^{はやし}と言^いいます。 我姓林。
□ 家 （いえ）	【名】房子；（自己的）家 家^{いえ}に帰^{かえ}りましょう。 回家吧!
□ いかが	【副】如何 お茶^{ちゃ}はいかがですか？ 喝杯茶如何?
□ 行く （いく／ゆく）	【自五】去，往 日曜日^{にちようび}はどこへ行^いきましょうか？ 星期天上哪兒去吧?
□ 幾つ （いくつ）	【名】幾個；幾歲 リンゴはいくつありますか？ 有幾個蘋果?

□幾ら （いくら）	【名】多少（錢、價格、數量等） この洋服はいくらですか？ 這件洋裝多少錢？
□池 （いけ）	【名】池子 池に魚がいます。 水池裡有魚。
□医者 （いしゃ）	【名】醫生 医者を呼んでください。 請叫醫生來。
□椅子 （いす）	【名】椅子 いすに坐ってください。 請坐椅子。
□忙しい （いそがしい）	【形】忙，忙碌 最近忙しいです。 最近很忙。
□痛い （いたい）	【形】疼，疼痛 頭が痛いです。 頭痛。
□いただきます	【寒暄】（吃、喝食物前或從對方拿到某物時） 我就不客氣了 では、いただきます。 那，我就不客氣了。
□一 （いち）	【名】一，第一 一から数えましょう。 從一數起吧！

□**一日** （いちにち）	【名】一天；（每月的）一號 一日、何時間勉強しますか？ 一天讀幾個小時的書？
□**一番** （いちばん）	【副】第一，最初；最好 一番好きな物は何ですか？ 你最喜歡什麼東西？
□**何時** （いつ）	【名】何時，什麼時候 いつ日本へ行きますか？ 你什麼時候去日本？
□**五日** （いつか）	【名】五號，五日，五天 来月の五日に会いましょう。 下個月的五號見了。
□**一緒** （いっしょ）	【名，自サ】一同，一起；相同 いっしょに帰りましょう。 一起回家吧！
□**五つ** （いつつ）	【名】五個（東西）；五歲 みかんはいつつあります。 有五個橘子。
□**何時も** （いつも）	【副・名】經常，總是 いつもバスで帰りますか？ 你都是坐公車回去的嗎？
□**今** （いま）	【名】現在，當前；剛才 今、何時ですか？ 現在幾點？
□**意味** （いみ）	【名】意思；意味 意味はよくわかりません。 我不懂意思。

□妹　　　　　　【名】妹妹
（いもうと）　来週、妹は結婚します。
　　　　　　　　下星期我妹妹結婚。

□嫌　　　　　　【形動】討厭，厭惡
（いや）　　　嫌な人が来ました。
　　　　　　　　討厭的人來了。

□いらっしゃいませ【寒暄】歡迎光臨

　　　　　　　　いらっしゃいませ。何名様でしょうか？
　　　　　　　　歡迎光臨，您幾位？

□入り口　　　　【名】入口
（いりぐち）　入り口はどちらですか？
　　　　　　　　入口在哪裡？

□要る　　　　　【自五】要，需要
（いる）　　　お金はいりますか？
　　　　　　　　你需要錢嗎？

□居る　　　　　【自上一】（人或動物的存在）有，在
（いる）　　　先生は教室にいますか？
　　　　　　　　老師在教室嗎？

□入れる　　　　【他下一】放入，放進
（いれる）　　お金は財布に入れました。
　　　　　　　　把錢放進錢包裡。

□色　　　　　　【名】色，顏色
（いろ）　　　この色は大好きです。
　　　　　　　　我最喜歡這種顏色。

□いろいろ　　　【形動】各種各樣，形形色色

　　　　　　　　いろいろなところへ行きました。
　　　　　　　　到了很多地方。

□上 （うえ）	【名】（位置）上面 机の上に猫がいます。 桌上有貓。
□後ろ （うしろ）	【名】後面；背後 バスの後ろに自転車があります。 巴士後面有腳踏車。
□薄い （うすい）	【形】薄；淡 薄い本を買いました。 買了本薄薄的書。
□歌 （うた）	【名】歌，歌曲 彼は歌を歌っています。 他在唱歌。
□歌う （うたう）	【他五】唱歌 皆で歌いましょう。 大家一起唱吧！
□家 （うち）	【名】家庭，房子 もう家へ帰りましょう。 回家吧！
□生まれる （うまれる）	【自下一】出生；出生地 新しい町が生まれました。 新的城鎮誕生了。

□海　　　　　【名】海，海洋
（うみ）　　　海を見に行きましょう。
　　　　　　　看海去吧。

□売る　　　　【他五】賣，出售
（うる）　　　八百屋は野菜を売っています。
　　　　　　　蔬果店販賣蔬菜。

□上着　　　　【名】上衣，外衣
（うわぎ）　　彼は上着を着て、出かけました。
　　　　　　　他穿上外衣，出門去了。

▲歌舞伎町一番街

え

□絵
（え）

【名】畫，圖畫
彼女は絵が上手です。
她很繪畫圖。

□映画
（えいが）

【名】電影
よく映画を見ますか？
你經常看電影嗎?

□映画館
（えいがかん）

【名】電影院
近くに映画館がありますか？
附近有電影院嗎?

□英語
（えいご）

【名】英語
彼は英語ができます。
他會英文。

□ええ

【感】（用降調，表示肯定）對
ええ、それは私のです。
是的，那是我的。

□駅
（えき）

【名】（鐵路的）車站
駅から家まで遠いですか？
從車站到家遠嗎?

□エレベーター
（elevator）

【名】電梯，升降機
エレベーターで三階に上がります。
坐電梯上三樓。

□円 （えん）	【名】（日本的貨幣單位）日圓 これは千円です。 這是一千日圓。
□鉛筆 （えんぴつ）	【名】鉛筆 鉛筆を三本ください。 請給我三枝鉛筆。

▲百貨公司

□ 御～
（お）
【接頭】放在字首表示尊敬語及美化語
お父さんはお元気ですか？
您父親好嗎?

□ お預かりします【寒暄】保管
（おあずかりします）上着をお預かりします。
幫您保管上衣。

□ 美味しい
（おいしい）
【形】美味的，好吃的
この料理はおいしいですか？
這道菜好吃嗎?

□ 大きい
（おおきい）
【形】（體積，數量等）大，巨大；（範圍、程度
等）大，宏大
もっと大きいのをください。
給我更大的。

□ 大勢
（おおぜい）
【名】許多（人）
人が大勢います。
人很多。

□ お母さん
（おかあさん）
【名】（"母"的敬稱）媽媽；您母親
お母さんはおいくつですか？
您母親幾歲?

□ お菓子
（おかし）
【名】糕點
子どもたちはお菓子が大好きです。
小孩們很喜歡糖果。

□お金 （おかね）	【名】錢，貨幣 お金がないから、家にいます。 沒有錢，只好呆在家。
□起きる （おきる）	【自上一】起來，起床 毎日、六時に起きます。 每天六點起床。
□置く （おく）	【他五】放置；設置 傘はここに置いてください。 傘請放這裡。
□奥さん （おくさん）	【名】夫人，太太 奥さんはお元気ですか？ 您夫人可好嗎？
□お酒 （おさけ）	【名】酒（"酒"的鄭重說法） お酒を飲みます。 喝酒。
□お皿 （おさら）	【名】盤子（"皿"的鄭重說法） お皿は何枚いりますか？ 需要幾個盤子？
□叔父・伯父 （おじ）	【名】叔父，舅父 おじは医者です。 叔叔是醫生。
□お祖父さん （おじいさん）	【名】爺爺；（孩子對一般老年男子的稱呼）爺爺 今日はお祖父さんの誕生日です。 今天是爺爺的生日。

□教える （おしえる）	【他下一】叫，教授；告訴 日本で中国語を教えています。 在日本教中文。
□叔父・伯父さん （おじさん）	【名】伯父，叔父，姑父，舅父 おじさんは何をしていますか？ 你伯父從事什麼工作？
□押す （おす）	【他五】推，擠；壓，按 軽く押してください。 請輕輕按著。
□遅い （おそい）	【形】晚，遲；慢 もう遅いですから、帰りましょう。 很晚了，回家吧！
□お茶 （おちゃ）	【名】茶，茶葉 お茶をどうぞ。 請喝茶。
□お手洗い （おてあらい）	【名】廁所，洗手間 ちょっとお手洗いへ行きます。 我上一下洗手間。
□お父さん （おとうさん）	【名】（"父"的敬稱）爸爸；您父親 彼のお父さんは背が高いです。 他父親個子很高。
□弟 （おとうと）	【名】弟弟 弟は来年結婚します。 我弟弟明年結婚。

□**男** （おとこ）	【名】男子，男人 日本語の先生は男ですか？ 日語老師是男的嗎？
□**男の子** （おとこのこ）	【名】男孩子 男の子が産まれました。 生了男孩子。
□**一昨日** （おととい）	【名】前天 おとといは会社を休みました。 前天沒去上班。
□**一昨年** （おととし）	【名】前年 おととしから東京に住んでいます。 從前年開始住東京。
□**大人** （おとな）	【名】大人，成人 大人はいくらですか？ 大人多少錢？
□**お腹** （おなか）	【名】肚子，腹 おなかが痛いです。 肚子痛。
□**同じ** （おなじ）	【形動】相同的，相等的 同じ色はありますか？ 有同樣的顏色嗎？
□**お兄さん** （おにいさん）	【名】（"兄さん"的鄭重說法）哥哥 お兄さんは何人いますか？ 你有幾個哥哥？

□お姉さん （おねえさん）	【名】（"姉さん"的鄭重說法）姐姐 お姉さんは洗濯をしています。 姊姊在洗衣服。
□叔母・伯母 （おば）	【名】叔母，姑媽 おばは今年五十歳です。 姑媽今年五十歲了。
□お祖母さん （おばあさん）	【名】奶奶；（孩子對一般老年婦女的稱呼）奶奶 お祖母さんはやさしいですね。 你祖母人很好。
□叔母・伯母さん （おばさん）	【名】叔母，姑媽 先生のおばさんはアメリカに住んでいる。 老師的舅媽住在美國。
□おはよう	【感】（早晨見面時）你早 おはよう。今日は早いですね。 早，今天真早啊！
□お弁当 （おべんとう）	【名】便當 昼ご飯はいつもお弁当ですか？ 午餐都吃便當嗎？
□覚える （おぼえる）	【他下一】記住；學會 私を覚えていますか？ 你記得我嗎？
□重い （おもい）	【形】重，沈 この荷物は重いですね。 這個行李很重。

□**面白い**
（おもしろい）

【形】有趣，有意思
この本は面白いですか？
這本書有趣嗎?

□**泳ぐ**
（およぐ）

【自五】游泳
三十キロ泳ぎました。
游了三十公尺。

□**降りる**
（おりる）

【自上一】（從車，船等）下來；（從高處）下來
ここでバスを降ります。
在這裡下車。

□**終わる**
（おわる）

【自五】結束
夏休みは終わった。
暑假結束了。

□**音楽**
（おんがく）

【名】音樂
音楽が好きです。
喜歡音樂。

□**女**
（おんな）

【名】女人，女性
女の人は何名いますか？
有幾個女人呢?

□**女の子**
（おんなのこ）

【名】女孩
かわいい女の子がいます。
有個可愛的女孩。

□ ～階 （～かい）	【名・接尾】（樓房的）樓層 三階に住んでいます。 住在三樓。
□ ～回 （～かい）	【名・接尾】～回，次數 日本へ五回行きました。 日本去過五次。
□ 外国 （がいこく）	【名】外國 外国へ行ったことはありません。 沒有去過外國。
□ 外国人 （がいこくじん）	【名】外國人 彼女は外国人です。 她是外國人。
□ 会社 （かいしゃ）	【名】公司 父はあそこの会社で働いています。 父親在那家公司上班。
□ 階段 （かいだん）	【名】階梯，樓梯 階段で上がります。 走樓梯上去。
□ 買い物 （かいもの）	【名】購物 デパートで買い物をする。 在百貨公司購物。
□ 買う （かう）	【他五】購買 新しいスカートを買いました。 購買新裙子。

□返す （かえす）	【他五】歸還 借りたお金を返しました。 歸還借的錢。
□帰る （かえる）	【自五】回來，回去 十二時前に帰ります。 十二點以前回去。
□顔 （かお）	【名】臉 朝起きて、顔を洗います。 早上起床後洗臉。
□掛かる （かかる）	【自五】花費 学校まで30分ぐらいかかります。 到學校約要三十分。
□鍵 （かぎ）	【名】鑰匙 ドアにかぎがかかっています。 門鎖著。
□書く （かく）	【他五】寫 名前を書いてください。 請填寫姓名。
□学生 （がくせい）	【名】學生 学生たちは教室で勉強しています。 學生在教室上課。
□〜ヶ月 （〜かげつ）	【接尾】〜個月 何ヶ月勉強しましたか？ 你學了幾個月？
□掛ける （かける）	【他下一】掛在（牆壁）；戴上（眼鏡） 眼鏡をかけて、テレビを見ます。 戴上眼鏡，看電視。

□傘 （かさ）	【名】雨傘 傘を持って行った方がいいです。 最好帶雨傘去。
□貸す （かす）	【他五】借出，出租 本を貸してください。 請借我書。
□風 （かぜ）	【名】風 風が吹いてきました。 風吹過来了。
□風邪 （かぜ）	【名】傷風，感冒 風邪で、学校を休んだ。 由於感冒，沒去上學。
□家族 （かぞく）	【名】家庭，家屬 家族は何人いますか？ 你有幾個家人？
□方 （かた）	【接尾】（"人" 的敬稱）人 あの方は山田先生です。 那位是山田老師。
□片仮名 （カタカナ）	【名】片假名 名前をカタカナで書いてください。 姓名請用片假名書寫。
□〜月 （〜がつ）	【接尾】〜月 一月から三月まで東京にいます。 一月到三月在東京。
□学校 （がっこう）	【名】學校 毎日学校へ行きます。 每天去學校。

□角 （かど）	【名】角，拐角 次の角を曲がってください。 請在下一個轉角轉彎。
□家内 （かない）	【名】（我）妻子，內人 家内は日本人です。 內人是日本人。
□鞄 （かばん）	【名】皮包，書包 かばんの中には、辞書が入っています。 皮包裡有辭典。
□花瓶 （かびん）	【名】花瓶 きれいな花瓶ですね。 眞是漂亮的花瓶。
□被る （かぶる）	【他五】戴（帽子等） 寒いですから、帽子をかぶりましょう。 很冷，戴上帽子吧！
□紙 （かみ）	【名】紙 白い紙を三枚ください。 給我三張紙。
□カメラ （camera）	【名】照相機 カメラは持ってきましたか？ 帶照相機來了嗎？
□火曜日 （かようび）	【名】星期二 火曜日の午前は家にいます。 星期二的上午在家。
□辛い （からい）	【形】辣，辛辣 このスープは辛いです。 這道湯很辣。

□体 （からだ）	【名】身體，軀幹 体に気をつけてください。 請注意身體。
□借りる （かりる）	【他上一】借（進來）；借助 図書館で本を借りてきました。 到圖書館借書。
□軽い （かるい）	【形】輕的，輕微的 この荷物は軽いです。 這個行李很輕。
□カレンダー （calendar）	【名】日曆，掛曆 カレンダーに丸をつけます。 在月曆畫上圓圈。
□川 （かわ）	【名】河，川，河流 川で泳ぎます。 在河川游泳。
□〜側 （〜がわ）	【名】〜側，〜方面 左側は郵便局です。 左邊是郵局。
□可愛い （かわいい）	【形】可愛，好玩，小巧玲瓏 かわいい女の子が生まれました。 生了可愛的女孩。
□漢字 （かんじ）	【名】漢字 漢字はどう書きますか？ 漢字要怎麼寫呢？

き

□木　　　　　【名】樹木；木材
　（き）　　　木の机はありますか？
　　　　　　　有木頭桌子嗎?

□黄色い　　　【形】黄色，黄色的
　（きいろい）黄色い花を二本ください。
　　　　　　　給我兩朵黄花。

□消える　　　【自下一】消失
　（きえる）　電気が消えました。
　　　　　　　電燈熄了。

□聞く　　　　【他五】効用，作用
　（きく）　　ちょっと聞いてください。
　　　　　　　請問一下。

□北　　　　　【名】北，北方
　（きた）　　どちらが北ですか？
　　　　　　　哪邊是北邊?

□ギター　　　【名】吉他
　（guitar）　彼のギターは上手です。
　　　　　　　他很會彈吉他。

□汚い　　　　【形】骯髒
　（きたない）手が汚いから、洗ってきます。
　　　　　　　手很髒，我去洗洗就來。

□喫茶店　　　【名】茶館，咖啡店
　（きっさてん）ちょっと喫茶店で休みましょう。
　　　　　　　到咖啡店休息一下吧!

□切手　　　　　　【名】郵票
（きって）　　　80円切手を10枚ください。
　　　　　　　　給我八十日圓郵票十張。

□切符　　　　　　【名】票
（きっぷ）　　　切符を三枚買いました。
　　　　　　　　買了三張票。

□昨日　　　　　　【名】昨天
（きのう）　　　昨日、どこへ行きましたか？
　　　　　　　　你昨天去那裡了？

□九　　　　　　　【名】九，九個
（きゅう）　　　九番の方、どうぞ。
　　　　　　　　九號的客人，這邊請。

□牛肉　　　　　　【名】牛肉
（ぎゅうにく）　牛肉が食べたいです。
　　　　　　　　我想吃牛肉。

□牛乳　　　　　　【名】牛奶
（ぎゅうにゅう）毎日牛乳を飲んでいます。
　　　　　　　　每天都喝牛奶。

□今日　　　　　　【名】今天
（きょう）　　　今日はいい天気です。
　　　　　　　　今天天氣真好。

□教室　　　　　　【名】教室
（きょうしつ）　教室の前に黒板があります。
　　　　　　　　教室前有黑板。

□兄弟　　　　　　【名】兄弟姉妹
（きょうだい）　私は三人兄弟です。
　　　　　　　　我有三個兄弟姉妹。

□去年
（きょねん）
【名】去年
去年の夏は日本に行きました。
去年夏天我去了日本。

□嫌い
（きらい）
【形動】嫌惡，厭惡
きらいな食べ物がありますか？
你有不喜歡吃的東西嗎?

□着る
（きる）
【他上一】（穿）衣服
背広を着ます。
穿西裝。

□切る
（きる）
【他五】切，剪
ナイフでリンゴを切ります。
用刀子切蘋果。

□綺麗
（きれい）
【形動】美麗，漂亮；整潔
きれいなお嬢さんは好きですか？
你喜歡漂亮的小姐嗎?

□キロ（グラム）
（kilogram）
【名】千克，公斤
今月、三キロ太りました。
這個月胖了三公斤。

□キロ（メートル）
（kilometra）
【名】一千公尺，一公里
毎日、三キロぐらい走ります。
每天跑三公里。

□銀行
（ぎんこう）
【名】銀行
病院の隣は銀行です。
醫院隔壁是銀行。

□金曜日
（きんようび）
【名】星期五
金曜日の夜は飲みに行きましょう。
星期五晚上喝酒去吧!

□九
（く）
【名】（數）九
休みは九月までです。
休息到九月。

□薬
（くすり）
【名】藥
ご飯の後で、薬を飲んでください。
請飯後吃藥。

□下さい
（ください）
【他五，補動】藥請給我；請你…
ちょっと待ってください。
請等一下。

□果物
（くだもの）
【名】水果
スーパーで果物を買いました。
在百貨公司買水果。

□口
（くち）
【名】口，嘴
口を大きく開けてください。
請張開嘴巴。

□靴
（くつ）
【名】鞋子
靴を履いてください。
請穿上鞋子。

□靴下
（くつした）
【名】襪子
何色の靴下がほしいですか？
你要什麼顏色的襪子?

□国
（くに）
【名】國，國家；故鄉
いろいろな国へ行きたいです。
我想到各式各樣的國家去。

□曇る （くもる）	【自五】陰天 あしたは曇るでしょう。 明天陰天吧。
□暗い （くらい）	【形】暗，黑暗 暗いから電気をつけましょう。 很暗開燈吧！
□〜位 （〜くらい／ぐらい）	【副助】（大概的數量或程度）大概，左右 あそこまでは十五分くらいかかります。 到那裡大給要花十五分吧！
□クラス （class）	【名】班級，等級 隣のクラスにかわいい子がいます。 隔壁班有個可愛的女孩。
□グラム （gram）	【名】（重量單位）克 豚肉を百グラムください。 給我一百克的豬肉。
□来る （くる）	【自カ】來，到來 彼は今晩来ますか？ 他今晚來嗎？
□車 （くるま）	【名】車，汽車 あかい車を買いました。 買了紅色的車子。
□黒い （くろい）	【形】黑（色） 黒いペンはありますか？ 有黑筆嗎？

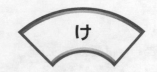

□今朝	【名】今天早晨
（けさ）	今朝はパンを食べました。
	今天早上吃了麵包。

□消す	【他五】關掉，弄滅
（けす）	電気を消してください。
	請關掉電燈。

□結構	【形動】可以，好；（表示否定）不用，不要
（けっこう）	この映画はけっこうおもしろいですよ。
	這齣電影很有趣。

□結婚	【名，自サ】結婚
（けっこん）・する	来週結婚します。
	下個禮拜結婚。

□月曜日	【名】星期一
（げつようび）	学校は月曜日から始まる。
	學校從星期一開始上課。

□玄関	【名】（建築物的）正門，前門
（げんかん）	玄関に誰か来ていますよ。
	玄關不知道是誰來了。

□元気	【形動】精神，精力；健康
（げんき）	元気がありませんね。
	你怎麼沒精打彩的。

□ ～個 （～こ）	【接尾】～個 メロンが<ruby>三<rt>さん</rt></ruby><ruby>個<rt>こ</rt></ruby>あります。 有三個哈密瓜。
□ 五 （ご）	【數】五 <ruby>五<rt>ご</rt></ruby><ruby>階<rt>かい</rt></ruby>に<ruby>住<rt>す</rt></ruby>んでいます。 住在五樓。
□ ～語 （～ご）	【名】語言詞語；單字 <ruby>日本<rt>にほん</rt></ruby><ruby>語<rt>ご</rt></ruby>が<ruby>少<rt>すこ</rt></ruby>し<ruby>話<rt>はな</rt></ruby>せます。 會説一點日語。
□ 公園 （こうえん）	【名】公園 <ruby>公園<rt>こうえん</rt></ruby>へ<ruby>散歩<rt>さんぽ</rt></ruby>に<ruby>行<rt>い</rt></ruby>きました。 去公園散步。
□ 交番 （こうばん）	【名】派出所 <ruby>交番<rt>こうばん</rt></ruby>はあそこにあります。 派出所在那裡。
□ 声 （こえ）	【名】聲音 <ruby>声<rt>こえ</rt></ruby>は<ruby>大<rt>おお</rt></ruby>きいです。 聲音太大了。
□ コート （coat）	【名】外套，大衣 <ruby>彼<rt>かれ</rt></ruby>はコートを<ruby>着<rt>き</rt></ruby>て、<ruby>出<rt>で</rt></ruby>かけた。 他穿上大衣，出門了。

□ここ	【代】這裡，這兒
	ここはどこですか？
	這裡是那裡？
□午後 （ごご）	【名】下午，午後
	午後2時に、駅で待ってます。
	下午2點我在車站等你。
□九日 （ここのか）	【名】九號，九日，九天
	私の誕生日は八月九日です。
	我的生日是八月九日。
□九つ （ここのつ）	【名】九個，九歲
	子供は九つになりました。
	小孩已經九歲了。
□御主人 （ごしゅじん）	【名】（稱呼對方的）您的先生，您的丈夫
	ご主人はどちらにお出かけですか？
	您先生上哪去呢？
□午前 （ごぜん）	【名】上午
	午前は学校があります。
	上午有課。
□答える （こたえる）	【自下一】回答，解答
	日本語で答えてください。
	請用日語回答。
□こちら	【代】這邊，這兒；這位
	お客様、こちらへどうぞ。
	客人請這邊走。

□**コップ**
（荷　kop）

【名】杯子，玻璃杯，茶杯

コップで水を飲みましょう。

用杯子喝水。

□**今年**
（ことし）

【名】今年

今年は暖かいですね。

今年眞暖和啊!

□**言葉**
（ことば）

【名】語言，詞語

外国の言葉を話します。

説外國話。

□**子供**
（こども）

【名】小孩，孩子

彼女は子どもが三人もいますよ。

她已經有三個小孩了。

□**この**

【連體】這（個）

この店は、来たことがあります。

我來過這家店。

□**御飯**
（ごはん）

【名】飯

昼ご飯を食べましたか？

你吃過年飯了嗎?

□**困る**
（こまる）

【自五】傷腦筋，爲難，苦惱

お金に困っています。

我爲錢煩惱著。

□**これ**

【代】這（個）

これはどなたのですか？

這是誰的?

□ ～頃 （～ごろ／ころ）	【名】時候，時期 何時ごろ帰りますか？ 幾點回家？
□ 今月 （こんげつ）	【名】這個月 今月からテニスを始めました。 這個月開始打網球。
□ 今週 （こんしゅう）	【名】這星期，本週 父の日は今週の何曜日ですか？ 父親節是這個禮拜幾？
□ こんな	【連體】這樣的～ こんな色のシャツはありますか？ 有這種顏色的襯衫嗎？
□ こんにちは	【寒暄】你好，日安 こんにちは、いいお天気ですね。 你好，天氣真好啊！
□ 今晩 （こんばん）	【名】今天晚上 今晩、映画を見に行きましょう。 今天晚上去看電影吧！
□ こんばんは	【寒暄】你好，晚上好 山田さんの奥さん、こんばんは。 山田太太，你好。

□さあ	【感】（表示勧誘，催促）喂
	さあ、食(た)べましょう。
	來來，吃吧！
□～歳 （～さい）	【量詞・接尾】～歳
	あなたは何歳(なんさい)ですか？
	你幾歳？
□魚 （さかな）	【名】魚
	池(いけ)に魚(さかな)が泳(およ)いでいます。
	魚在池裡游著。
□先 （さき）	【名】先，早
	お先(さき)に失礼(しつれい)します。
	我先告辭了。
□咲く （さく）	【自五】開（花）
	花(はな)が咲(さ)いています。
	花兒綻放著。
□作文 （さくぶん）	【名】作文
	この言葉(ことば)を使(つか)って、作文(さくぶん)を書(か)きなさい。
	用這句話作文章。
□差す （さす）	【他五】（傘等）撐開
	傘(かさ)を差(さ)して出(で)かける。
	撐著傘出門了。

□〜冊 （〜さつ）	【接尾】〜冊 ノートを三冊ください。 給我三本筆記本。
□雑誌 （ざっし）	【名】雑誌 よく雑誌を読みますか？ 你經常閱讀雜誌嗎？
□砂糖 （さとう）	【名】砂糖 コーヒーに砂糖を入れますか？ 咖啡放糖嗎？
□寒い （さむい）	【形】冷，寒冷 朝はとても寒かったです。 早上很冷。
□さようなら	【寒暄】再見 さようなら、また明日。 再見，明天見。
□さよなら	【寒暄】（＝さようなら）再見 さよなら、また会いましょう。 再見，下回見。
□再来年 （さらいねん）	【名】後年 再来年は日本へ行くつもりです。 我準備後年去日本。
□三 （さん）	【數】三，三個 うちには三歳の子供がいます。 我有個三歲的小孩。

□～さん	【接尾】（接在人名、職稱後表敬意或親切） 王(オウ)さんは中国人(ちゅうごくじん)です。 王小姐是中國人。
□散歩 （さんぽ）・する	【名，自サ】散步 ちょっと散歩(さんぽ)をしてきます。 我去散一下步。

▲二重橋

□四	【數】四，四個
（し）	四角のテーブルがありますか？
	有四角形的桌子嗎？

□〜時	【接尾】〜鐘點，〜時
（〜じ）	今は何時ですか？
	現在幾點？

□塩	【名】鹽巴
（しお）	塩を取ってください。
	請幫我拿一下鹽巴。

□しかし	【接續】但是，可是
	しかし私には難しいです。
	但是對我而言太難了。

□時間	【名】時間，時刻
（じかん）	お弁当の時間になりました。
	吃飯時間了。

□〜時間	【接尾】〜小時，〜點鐘
（〜じかん）	そこまで、何時間かかりますか？
	到那裡要花多少時間？

□仕事	【名】工作；職業
（しごと）	お仕事は何ですか？
	您從事什麼行業？

74

□辞書 （じしょ）	【名】字典，辭典 辞書を引きながら、日本語の新聞を読みます。 一邊查字典，一邊看日文報紙。
□静か （しずか）	【形動】安靜，平靜 静かにしてください。 請安靜。
□下 （した）	【名】下，下面 机の下で猫が寝ています。 貓睡在桌子底下。
□七 （しち）	【數】七 七五三はいつですか？ 七五三是什麼時候？
□質問 （しつもん）	【名，自サ】提問，問題，疑問 質問がありますか？ 有問題嗎？
□失礼しました （しつれいしました）	【寒暄】失禮；對不起 大変失礼しました。 眞是抱歉。
□自転車 （じてんしゃ）	【名】自行車 毎日、自転車で学校へ行きます。 每天騎腳踏車去上學。
□自動車 （じどうしゃ）	【名】車，汽車 自動車が来るから、危ないよ。 危險！車子來了！

し

□死ぬ （しぬ）	【自五】死 <ruby>事<rt>じ</rt></ruby><ruby>故<rt>こ</rt></ruby>で<ruby>犬<rt>いぬ</rt></ruby>が<ruby>死<rt>し</rt></ruby>んだ。 狗遭到事故死了。
□字引 （じびき）	【名】字典，辭典 <ruby>字引<rt>じびき</rt></ruby>を<ruby>引<rt>ひ</rt></ruby>いて、<ruby>言葉<rt>ことば</rt></ruby>を<ruby>調<rt>しら</rt></ruby>べる。 翻字典查單字。
□自分 （じぶん）	【名】自己，本人，自身 <ruby>自分<rt>じぶん</rt></ruby>のことは<ruby>自分<rt>じぶん</rt></ruby>でしなさい。 自己的事自己做。
□閉まる （しまる）	【自五】關閉 <ruby>目<rt>め</rt></ruby>の<ruby>前<rt>まえ</rt></ruby>で<ruby>電車<rt>でんしゃ</rt></ruby>のドアが<ruby>閉<rt>し</rt></ruby>まった。 電車門就在眼前關了起來。
□閉める （しめる）	【他下一】關閉，合上 <ruby>窓<rt>まど</rt></ruby>を<ruby>閉<rt>し</rt></ruby>めましょう。 關上窗戶吧！
□締める （しめる）	【他下一】勒緊，繫緊 シートベルトを<ruby>締<rt>し</rt></ruby>めてください。 請繫上安全帶。
□じゃ／じゃあ	【感】那麼 じゃあ、<ruby>私<rt>わたし</rt></ruby>はこれで<ruby>帰<rt>かえ</rt></ruby>ります。 那麼，我就告辭了。
□写真 （しゃしん）	【名】照片，相片 ここで<ruby>写真<rt>しゃしん</rt></ruby>をとりましょう 在這裡拍照吧！

□シャツ 【名】襯衫，襯衣
（shirt） あかいシャツがほしいです。
我要紅襯杉。

□十 【數】十
（じゅう） 友だちが十人来ました。
來了十個朋友。

□〜週間 【名，接尾】〜週，〜個星期
（〜しゅうかん） 三 週間 入院しました。
住院三個禮拜。

□授業 【名】上課，課
（じゅぎょう） 授業は何時からですか？
課幾點開始？

□宿題 【名】作業，家庭作業
（しゅくだい） 今日の宿題は何ですか？
今天有什麼功課？

□上手 【形動】擅長，高明
（じょうず） 日本語が上手ですね。
日語真好。

□丈夫 【形動】結實，健康
（じょうぶ） 体が丈夫になりました。
身體健康多了。

□醤油 【名】醬油
（しょうゆ） しょう油を取ってください。
幫我拿醬油。

□食堂	【名】食堂
（しょくどう）	会社には食堂がありますか？
	公司裡有食堂嗎？

□知る	【他五】知道，認識，瞭解
（しる）	英語の先生はだれか知っていますか？
	你知道英語老師是誰嗎？

□白い	【形】白，白色
（しろい）	姉は白い服が好きです。
	姊姊喜歡白色的衣服。

□〜人	【接尾】〜人
（〜じん）	あなたは日本人ですか？
	你是日本人嗎？

□新聞	【名】新聞
（しんぶん）	今朝の新聞を読みましたか？
	你看了今天早上的新聞了嗎？

す

□水曜日 （すいようび）	【名】星期三 水曜日に、友だちと会いました。 星期三跟朋友見了面。
□吸う （すう）	【他五】吸，抽 タバコを吸わないでください。 請不要抽煙。
□スカート 〔skirt〕	【名】裙子 このスカートはきれいですね。 這條裙子很漂亮。
□好き （すき）	【形動】喜歡，愛好 あなたが好きです。 我喜歡你。
□〜過ぎ （〜すぎ）	【接尾】超過〜，過份 今は十時過ぎです。 現在十點多了。
□すぐに	【副】馬上；表示距離很近 すぐに来てください。 請你馬上來。
□少し （すこし）	【副】一點兒，稍微 ケーキは少ししかありません。 蛋糕只有一點了。

□涼しい （すずしい）	【形】涼快，涼爽；清爽 涼しくなりましたね。 天氣轉涼了。
□〜ずつ	【副助】（表示均攤）每，各 一つずつ分けましょう。 各分一個吧!
□ストーブ （stove）	【名】火爐，暖爐 寒いから、ストーブがよく売れます。 因為很冷，所以暖爐賣得很好。
□スプーン （spoon）	【名】湯匙，湯杓 スープをスプーンで飲みました。 用湯匙喝湯。
□スポーツ （sports）	【名】體育，運動；運動比賽 どんなスポーツが好きですか？ 你喜歡什麼運動?
□ズボン （法 jupon）	【名】西服褲 ズボンとスカートとどちらにしますか？ 您要褲子還是裙子?
□すみません	【連語】對不起；謝謝 すみません、道を教えてください。 抱歉，請告訴我路怎麼走。
□住む （すむ）	【自五】住，居住 鈴木さんはこの町に住んでいます。 鈴木先生住在這個鎮上。

□スリッパ （slipper）	【名】拖鞋 部屋の中ではスリッパをはきます。 進房裡要穿拖鞋。
□する	【他サ】做，幹，進行 なにをしていますか？ 你在做什麼？
□座る （すわる）	【自五】做，跪座 どうぞ、ここに座ってください。 請這裡坐。

▲荷蘭餐廳

せ

□ 背
（せ）

【名】身高，身材；背後

彼は背が高いですね。
他真高。

□ 生徒
（せいと）

【名】（中小學）學生

中学校の生徒に教えています。
我在教中學。

□ セーター
（sweater）

【名】毛衣

今彼のセーターを編んでいます。
現在在打我男朋友的毛衣。

□ 石鹸
（せっけん）

【名】肥皂，香皂

石けんで手を洗いましょう。
用肥皂洗手吧！

□ 背広
（せびろ）

【名】西服

会社に行くときは、背広を着ます。
上班時，穿西裝。

□ 狭い
（せまい）

【形】狹窄，狹小

私の部屋はとても狭いです。
我的房間很窄。

□ ゼロ
（zero）

【名】（數）零，沒有

英語の点数はゼロだった。
英語得零分。

□千 （せん）	【名】（一）千 このシャツは一枚千円です。 這件襯衫一件一千日圓。
□先月 （せんげつ）	【名】上個月 先月から、東京に住んでいます。 上個月開始住東京。
□先週 （せんしゅう）	【名】上星期 先週の日曜日、どこへ行きましたか？ 上個禮拜天你到哪裡去了?
□先生 （せんせい）	【名】老師 田中先生は大変おもしろいです。 田中老師人很有趣。
□洗濯 （せんたく）・する	【名，他サ】洗衣服，洗滌 今日は、洗濯と掃除をしなければなりません。 今天我得要洗衣服和打掃。
□全部 （ぜんぶ）	【名】全部，全體，總共 これで全部ですか？ 這是全部了嗎?

□そう	【副詞】（回答）是，不錯 はい、そうです。 是，是的。
□掃除 （そうじ）・する	【名，他サ】打掃，清掃 毎朝庭を掃除しています。 每天早上打掃庭院。
□そうして／ そして	【接續】而且，然後 そうして、彼は帰りました。 然後，他就回去了。
□そこ	【代】那兒，那裡 そこに置いてください。 請放在那裡。
□そちら	【代】那裡 そちらへまっすぐ行ってください。 請往那裡直走。
□外 （そと）	【名】外面，外邊 子供は外で遊んでいる。 小孩在外面玩。
□その	【連體】那～，那個～ その人は、どんな人ですか？ 那個人是個什麼樣的人?

□そば	【名】旁邊，附近 駅のそばに喫茶店はありますか？ 車站旁有咖啡店嗎？
□空 （そら）	【名】天空，空中 空が晴れてきました。 天空放晴了。
□それ	【代】那，那個 それは誰のコートですか？ 那是誰的外套？
□それから	【接續】後來，然後 顔を洗って、それから新聞を読みます。 洗完臉，然後看新聞。
□それでは	【接續】那麼；如果那樣 それでは、これで会議を終わります。 那麼，會議就到此結束。

□ ～台 （～だい）	【接尾】台，輛，架 <ruby>彼<rt>かれ</rt></ruby>は<ruby>車<rt>くるま</rt></ruby>を<ruby>三台<rt>さんだい</rt></ruby>も<ruby>持<rt>も</rt></ruby>っています。 他一個人就有三台車子。
□ 大学 （だいがく）	【名】大學 <ruby>大学<rt>だいがく</rt></ruby>を<ruby>受験<rt>じゅけん</rt></ruby>するつもりです。 我準備考大學。
□ 大使館 （たいしかん）	【名】大使館 <ruby>大使館<rt>たいしかん</rt></ruby>へ<ruby>行<rt>い</rt></ruby>って、ビザを<ruby>取<rt>と</rt></ruby>ります。 到大使館申請簽證。
□ 大丈夫 （だいじょうぶ）	【形動】沒問題，不要緊 <ruby>薬<rt>くすり</rt></ruby>を<ruby>飲<rt>の</rt></ruby>まなくて<ruby>大丈夫<rt>だいじょうぶ</rt></ruby>ですか？ 不吃藥行嗎？
□ 大好き （だいすき）	【形動】非常喜歡 <ruby>猫<rt>ねこ</rt></ruby>も<ruby>犬<rt>いぬ</rt></ruby>も<ruby>大好<rt>だいす</rt></ruby>きです。 我最喜歡貓跟狗了。
□ 大切 （たいせつ）	【形動】重要，要緊；珍惜 <ruby>彼<rt>かれ</rt></ruby>は<ruby>私<rt>わたし</rt></ruby>の<ruby>一番大切<rt>いちばんたいせつ</rt></ruby>な<ruby>人<rt>ひと</rt></ruby>です。 他是我最重要的人。
□ 大抵 （たいてい）	【副】大體，差不多 <ruby>土日<rt>どにち</rt></ruby>は<ruby>大抵家<rt>たいていいえ</rt></ruby>にいます。 星期六、日我大都在家。

□台所 （だいどころ）	【名】廚房 お母さんは台所にいます。 媽媽在廚房。
□大変 （たいへん）	【副】很，非常 この小説は大変おもしろかった。 這本小説很有趣。
□大変 （たいへん）	【形動】重大，嚴重 引っ越しは大変でしたね。 搬家眞是累吧！
□高い （たかい）	【形】高，高的 あのビルは一番高いです。 那棟大樓最高。
□高い （たかい）	【形】（價錢）貴 値段が高すぎます。 價錢太貴了。
□沢山 （たくさん）	【副・形動】很，大量 この町には、日本人がたくさんいます。 這條街住了很多日本人。
□タクシー （taxi）	【名】計程車 タクシーを呼びましょう 叫計程車吧！
□出す （だす）	【他五】拿出，提出；寄 手紙を出してきます。 我去寄信。

□～達 （～たち）	【接尾】（表示人的複數）～們 私たちは友だちです。 我們是朋友。
□立つ （たつ）	【自五】站，立 危ないですから、あそこに立たないでください。 很危險的，不要站在那裡。
□建物 （たてもの）	【名】建築物，房屋 この建物は新しいものです。 這棟建築物是新的。
□楽しい （たのしい）	【形】快樂，愉快，高興 今日は楽しかったです。 今天真高興。
□頼む （たのむ）	【他五】請；委託，請求 兄に字を教えてくださいと頼みました。 我叫我哥哥教我寫字。
□煙草 （たばこ）	【名】煙，香菸 たばこを吸ってもいいですか？ 可以抽煙嗎？
□多分 （たぶん）	【副】大概；恐怕 彼はたぶん帰ったと思います。 我想他恐怕回去了。
□食べ物 （たべもの）	【名】食物 一番好きな食べ物はなんですか？ 你最喜歡吃什麼？

□**食べる** （たべる）	【他下一】吃 昼ご飯を食べましたか？ 吃過午飯了嗎?
□**卵** （たまご）	【名】雞蛋 百グラムの卵はいくらですか？ 一百公克的蛋要多少錢?
□**誰** （だれ）	【代】誰 そとで誰か話している。 外面不知道是誰在説話。
□**誕生日** （たんじょうび）	【名】生日 あなたの誕生日はいつですか？ 你什麼時候生日?
□**段々** （だんだん）	【副】漸漸地，逐漸地 だんだん涼しくなります。 天氣漸漸轉涼了。

た

□**小さい** （ちいさい）	【形】小，幼小 この家は小さいですね。 這棟房子很小。
□**近い** （ちかい）	【形】（距離、時間）近，接近 田中さんの家は学校に近いです。 田中先生家離學校很近。
□**違う** （ちがう）	【自五】不一樣，不同 いいえ、違います。 不，不是的。
□**近く** （ちかく）	【名】靠近，迫近 近くにデパートがあります。 附近有百貨公司。
□**地下鉄** （ちかてつ）	【名】地鐵 地下鉄で学校へ行きます。 我坐地鐵上學。
□**地図** （ちず）	【名】地圖 山登りには地図がいります。 登山需要地圖。
□**父** （ちち）	【名】父親 父は新聞を読んでいます。 父親在看報紙。

□茶色 （ちゃいろ）	【名】茶色 髪の毛を茶色にした。 把頭髮染成茶色。
□茶碗 （ちゃわん）	【名】茶碗，飯碗 茶碗でご飯を食べます。 用碗吃飯。
□～中 （～ちゅう）	【接尾】在～之中 今、授業中です。 現在上課中。
□丁度 （ちょうど）	【副】正好，整 このサイズはちょうどいいです。 這個尺寸剛好。
□一寸 （ちょっと）	【副】一下子，稍微 ちょっと待ってください。 請等一下。

□**一日** （ついたち）	【名】一號，一日 今日<ruby>きょう</ruby>は八月一日<ruby>はちがつついたち</ruby>です。 今天是八月一日。
□**使う** （つかう）	【他五】使用 大<ruby>おお</ruby>きな机<ruby>つくえ</ruby>を使<ruby>つか</ruby>っています。 使用大桌子。
□**疲れる** （つかれる）	【自下一】疲勞，累 今日<ruby>きょう</ruby>一日<ruby>いちにち</ruby>、本当<ruby>ほんとう</ruby>に疲<ruby>つか</ruby>れました。 今天一天，真是累人。
□**次** （つぎ）	【名】下次，其次 次<ruby>つぎ</ruby>の方<ruby>かた</ruby>、どうぞ。 下一位，請進。
□**着く** （つく）	【自五】到，到達 午後<ruby>ごご</ruby>の五時<ruby>ごじ</ruby>に着<ruby>つ</ruby>きます。 下午五點到達。
□**机** （つくえ）	【名】書桌 机<ruby>つくえ</ruby>の上<ruby>うえ</ruby>に何<ruby>なに</ruby>かありますか？ 桌上有什麼東西嗎？
□**作る** （つくる）	【他五】做，造 生徒<ruby>せいと</ruby>たちは飛行機<ruby>ひこうき</ruby>を作<ruby>つく</ruby>っています。 學生們正在做飛機。

□**点ける** （つける）	【他下一】點（火），點燃 <ruby>電気<rt>でんき</rt></ruby>をつけてください。 請打開燈。
□**勤める** （つとめる）	【自下一】工作 <ruby>会社<rt>かいしゃ</rt></ruby>に<ruby>勤<rt>つと</rt></ruby>めています。 在公司上班。
□**つまらない**	【形】無聊，沒意思 つまらない<ruby>話<rt>はなし</rt></ruby>をやめましょう。 別説些無聊的事。
□**冷たい** （つめたい）	【形】冷，涼；冷淡 <ruby>冷<rt>つめ</rt></ruby>たい<ruby>風<rt>かぜ</rt></ruby>が<ruby>吹<rt>ふ</rt></ruby>いてきます。 冷風吹了過來。
□**強い** （つよい）	【形】強，有力 <ruby>風<rt>かぜ</rt></ruby>が<ruby>強<rt>つよ</rt></ruby>くて、<ruby>帽子<rt>ぼうし</rt></ruby>が<ruby>飛<rt>と</rt></ruby>んだ。 風很強，帽子都飛走了。

□手 （て）	【名】手；人手 手をあげてください。 請舉起手来。
□テープ （tape）	【名】卡帶，錄音帶 テープを聞きながら、日本語を勉強します。 邊聽錄音帶邊學日語。
□テーブル （table）	【名】餐桌，飯桌 テーブルでご飯を食べる。 在餐桌吃飯。
□テープレコーダー （tape recorder）	【名】錄音機 テープレコーダーで録音します。 用錄音機錄音。
□出掛ける （でかける）	【自下一】出去，到〜去 彼は朝早く出かけました。 他一大早就出門了。
□手紙 （てがみ）	【名】信，書信 日本の友人に手紙を出します。 給日本友人寄信。
□出来る （できる）	【自上一】能，會，辦得到 日本語が少ししかできません。 我會一點日語。

□出口
（でぐち）
【名】出口
出口は右側にあります。
出口在右側。

□テスト
（test）
【名，他サ】考試，測驗
今週からテストが始まります。
考試從這個禮拜開始。

□では
【感】那，那麼
では、お先に失礼します。
那麼，我先告辭了。

□デパート
（depart [ment]）
【名】百貨公司
大きなデパートですね。
好大的百貨公司喔！

□でも
【接續】但是，可是
でも、やっぱり行きたいです。
可是，我還是想去。

□出る
（でる）
【自下一】出來，出去，離去
一番線から電車が出ます。
電車從一號月台開出。

□テレビ
（television）
【名】電視機
毎日、テレビを見ています。
每天看電視。

□天気
（てんき）
【名】天氣，好天氣
いい天気ですね。
天氣真好。

て

95

□**電気**
（でんき）

【名】電，電力，電器

電気をつけましょう。
開燈吧！

□**電車**
（でんしゃ）

【名】電車

電車で行きましょう。
坐電車去吧！

□**電話**
（でんわ）・**する**

【名，自サ】電話

電話をかける。
打電話。

▲好吃的拉麵店

と

□戸 （と）	【名】門；大門；窗戶 出かけるときは戸を閉めてください。 出門時請關門。
□～度 （～ど）	【名・接尾】度；（溫度、穩度等單位）度 熱は38.8度あります。 燒有38.8度。
□ドア （door）	【名】（西式的）門；（任何出入口的）門 ドアのカギをかけたかどうか、わかりません。 我不知道門有沒有上鎖。
□トイレ （toilet）	【名】廁所，洗手間 ちょっとトイレへ行って来ます。 我上一下廁所。
□どう	【副】怎麼，怎麼樣 このくつはどうですか？ 這雙鞋子怎麼樣？
□どういたしまして	【寒暄】不客氣，沒關係 いいえ、どういたしまして。 那裡，不客氣。
□どうして	【副】為什麼 今日はどうして学校を休みましたか？ 你今天為什麼沒去上課？

□どうぞ	【副】請
	どうぞお入りください。
	請進。

□どうぞよろしく	【寒暄】請多指教，請多關照
	こちらこそ、どうぞよろしく。
	那裡，請多指教。

□動物 （どうぶつ）	【名】動物
	動物が大好きです。
	我最喜歡動物了。

□どうも （ありがとう）	【副】實在，眞
	ご親切、どうもありがとう。
	謝謝您這麼親切。

□十 （とお）	【數】十，十歲，十個
	今日は十日です。
	今天是十號。

□遠い （とおい）	【形】遠；（關係）遠
	家は会社から遠いです。
	家離公司很遠。

□十日 （とおか）	【數】十天，十號
	十一月十日は母の誕生日です。
	十一月十日是母親的生日。

□時々 （ときどき）	【副】有時
	ときどき映画を見ます。
	偶而看電影。

□時計　　　　　　【名】鐘，表
　（とけい）　　　昨日時計を買いました。
　　　　　　　　　昨天買了表。

□どこ　　　　　　【代】哪兒，哪裡

　　　　　　　　　トイレはどこにありますか？
　　　　　　　　　廁所在哪裡？

□所　　　　　　　【名】地點，地方
　（ところ）　　　交番は角を曲がったところにあります。
　　　　　　　　　派出所在轉角處。

□図書館　　　　　【名】圖書館
　（としょかん）　図書館に行って、本を借りてきました。
　　　　　　　　　到圖書館借書。

□どちら　　　　　【代】（表示方向、地點、事物、人等）哪裡，哪
　　　　　　　　　邊，哪位
　　　　　　　　　バスと電車とどちらに乗って行きますか？
　　　　　　　　　坐巴士還是電車去呢？

□とても　　　　　【副】很，非常
　　　　　　　　　このお菓子はとてもおいしいです。
　　　　　　　　　這個糖果很好吃。

□どなた　　　　　【代】哪位
　　　　　　　　　その方はどなたですか？
　　　　　　　　　那位是誰呢？

□隣　　　　　　　【名】隔壁，鄰，旁
　（となり）　　　駅は郵便局のとなりです。
　　　　　　　　　車站在郵局的隔壁。

と

□ どの	【連體】哪個，哪～
	どのチームが勝つかわからない。
	不知道是哪隊獲勝了。

□ 飛ぶ	【自五】飛，飛行
（とぶ）	きれいな鳥が飛んでいます。
	美麗的鳥兒飛翔著。

□ 止まる	【自五】停，停止
（とまる）	あそこに車が止まっている。
	車子請停在那裡。

□ 友達	【名】朋友
（ともだち）	友達がたくさんいます。
	我有很多朋友。

□ 土曜日	【名】星期六
（どようび）	今週の土曜日に山登りをします。
	這個星期六去爬山。

□ 鳥	【名】鳥，禽類的總稱；雞
（とり）	鳥が木の枝に止まります。
	鳥兒停在樹枝上。

□ 鳥肉	【名】雞肉
（とりにく）	これは鳥肉で作ったスープです。
	這是雞肉做的湯。

□ 撮る	【他五】拍（照）
（とる）	近くの山で写真を撮っています。
	在附近的山拍照。

□取る （とる）	【他五】拿，取，握 すみません、しょう油を取ってください。 對不起，幫我拿一下醬油。
□どれ	【代】哪個 あなたのくつはどれですか？ 哪雙是你的鞋子呢？
□どんな	【連體】什麼樣的，哪樣的 どんな小説が好きですか？ 你喜歡什麼樣的小説？

と

▲東京鐵塔

□ **ない**	【形】沒，沒有
	早く起きて、時間がないから。
	快起來，沒時間了。

□ **ナイフ** （knife）	【名】小刀，餐刀
	ナイフでリンゴを切ります。
	用刀子切蘋果。

□ **中** （なか）	【名】裡面，內部；（許多事物）之中
	かばんの中に何かありますか？
	皮包裡放些什麼？

□ **長い** （ながい）	【形】長，長久
	姉が長いスカートを穿いています。
	姊姊穿一件長裙子。

□ **鳴く** （なく）	【自五】（鳥、獸、虫等）叫，鳴
	鳥が鳴いています。
	鳥兒鳴叫著。

□ **夏** （なつ）	【名】夏天
	東京の夏は蒸し暑いです。
	東京的夏天悶熱。

□ **夏休み** （なつやすみ）	【名】暑假
	夏休みに旅行に行くつもりです。
	我準備暑假去旅行。

□〜等 （〜など）	【副助】（表示概括）等 スーパーで野菜や果物などを買います。 在超市購買蔬菜跟水果。
□七 （なな）	【數】七，七個 みかんが七個あります 有七個橘子。
□七つ （ななつ）	【數】七個，七歲 うちの子はもう七つになりました。 我小孩七歲了。
□何 （なに／なん）	【代】什麼 飲み物は何にしますか？ 飲料點什麼？
□七日 （なのか）	【名】七號，七天 この仕事は七日かかります。 這個工作花了七個工作天。
□名前 （なまえ）	【名】名字，名稱 こちらにお名前を書いてください。 請在這裡填上你的姓名。
□習う （ならう）	【他五】學習 小さいころからピアノを習っています。 從小開始學鋼琴。
□並ぶ （ならぶ）	【自五】排列，擺放 妹と並んで写真を撮った。 跟妹妹並排站著拍照。

| □並べる
（ならべる） | 【他下一】擺，擺放；列舉
弟と机を並べて勉強する。
桌子跟弟弟擺在一起讀書。 |
| □為る
（なる） | 【自五】變成，成為；當（上）
酒を飲むと父の顔は赤くなる。
爸爸一喝酒臉就紅了。 |

▲二重橋

に

□二
（に）

【數】二，兩個
二<ruby>は<rt>に</rt></ruby>一<ruby>より<rt>いち</rt></ruby>大<ruby>きいです。<rt>おお</rt></ruby>
二比一大。

□賑やか
（にぎやか）

【形動】熱鬧，鬧哄哄
この街<ruby>は<rt>まち</rt></ruby>賑<ruby>やかです。<rt>にぎ</rt></ruby>
這條街很熱鬧。

□肉
（にく）

【名】肉
牛肉<ruby>はあまり<rt>ぎゅうにく</rt></ruby>好<ruby>きではありません。<rt>す</rt></ruby>
我不怎麼喜歡吃牛肉。

□西
（にし）

【名】西，西方
西側<ruby>はどちらですか？<rt>にしがわ</rt></ruby>
哪邊是西邊?

□～日
（～にち）

【漢造】一天；太陽；晝間
一日<ruby>に<rt>いちにち</rt></ruby>何時間働<ruby>きますか？<rt>なんじかんはたら</rt></ruby>
你一天工作幾個小時?

□日曜日
（にちようび）

【名】星期日
日曜日<ruby>はお<rt>にちようび</rt></ruby>時間<ruby>ありますか？<rt>じかん</rt></ruby>
星期天你有空嗎?

□荷物
（にもつ）

【名】行李，貨物
母<ruby>は<rt>はは</rt></ruby>重<ruby>い<rt>おも</rt></ruby>荷物<ruby>を<rt>にもつ</rt></ruby>持<ruby>っている。<rt>も</rt></ruby>
媽媽拿著沈重的行李。

に

□ニュース 【名】新聞，消息
（news） 毎朝テレビのニュースを聞く。
毎天早上都聽電視新聞。

□庭 【名】院子，庭院
（にわ） 庭の花が咲いている。
院子裡的花綻放著。

□〜人 【接尾】〜人
（〜にん） パーティーには何人来ましたか？
宴會有幾個人来?

| □脱ぐ
（ぬぐ） | 【他五】脱去，脱掉
くつを脱いでから、入りましょう。
脱掉鞋子，再進去吧！ |

▲牆上地圖

□ネクタイ （necktie）	【名】領帶 父_{ちち}にネクタイをプレゼントします。 我送爸爸領帶。
□寝る （ねる）	【自下一】睡覺；躺，臥 彼_{かれ}はまだ寝_ねています。 他還在睡覺。
□〜年 （〜ねん）	【漢造】年（也用於計算年數） 僕_{ぼく}は、何年生_{なんねんせい}ですか？ 小朋友，你現在幾年級了？

の

□ノート　　　　　【名】筆記，筆記本
（note）　　　　　授業中、学生たちはノートをとっています。
　　　　　　　　　上課中學生們在做筆記。

□登る　　　　　　【自五】登上，攀登
（のぼる）　　　　昨日は山に登りました。
　　　　　　　　　昨天爬了山。

□飲み物　　　　　【名】飲料
（のみもの）　　　冷たい飲み物がほしいです。
　　　　　　　　　我想要冰涼的飲料。

□飲む　　　　　　【他五】喝，吃（藥）
（のむ）　　　　　毎日、五百CCの牛乳を飲みます。
　　　　　　　　　每天喝五百CC的牛奶。

□乗る　　　　　　【自五】乘，做，上
（のる）　　　　　バスに乗って、学校へ行きます。
　　　　　　　　　乘坐巴士到學校去。

□歯 (は)	【名】牙齒
	夜は歯を磨いてから寝ます。
	晚上刷了牙再睡覺。

□パーティー (party)	【名】（社交性的）集會，晚會，宴會
	あしたのパーティーに出ますか？
	你明天出席宴會嗎？

□はい	【感】（回答）是，到
	はい、そうです。
	是的，沒錯。

□～杯 (～はい)	【接尾】杯
	もう一杯どうですか？
	再來一杯，如何？

□灰皿 (はいざら)	【名】煙灰缸
	灰皿をお願いします。
	麻煩給我一個煙灰缸。

□入る (はいる)	【自五】進，進入，加入
	今年の四月に大学に入ります。
	今年四月進大學。

□葉書 (はがき)	【名】名信片
	はがきを速達で出します。
	用快遞寄信。

□履く （はく）	【他五】穿（鞋，襪等） サンダルを履いている人は妹です。 穿拖鞋的是我妹妹。
□箱 （はこ）	【名】箱子 箱から本を出す。 從箱裡拿出書。
□橋 （はし）	【名】橋，橋樑 橋の向こうは東京です。 橋的那邊是東京。
□箸 （はし）	【名】筷子 日本人も箸で食事をする。 日本人也是用筷子吃飯。
□始まる （はじまる）	【自五】開始，發生 授業がもう始まりました。 已經開始上課了。
□始め （はじめ）	【名】開始，開頭 父は始めから終わりまで何にも話さなかった。 父親從頭到尾都沒説什麼。
□初めて （はじめて）	【副】最初，開頭 日本は初めてですか？ 你第一次到日本來嗎？

□初めまして　【寒暄】初次見面，你好
（はじめまして）　初めまして。田中です。
　　　　　　　　你好（初次見面），我叫田中。

□走る　　　　【自五】跑，行駛
（はしる）　　毎日、公園を走ります。
　　　　　　　每天到公園跑步。

□バス　　　　【名】公共汽車
（bus）　　　バスで通学します。
　　　　　　　坐公車上學。

□バター　　　【名】黃油
（butter）　　トーストにバターを塗った方がおいしいです
　　　　　　　よ。
　　　　　　　土司塗麵包比較好吃。

□二十歳　　　【名】二十歲
（はたち）　　娘は今年二十歳になりました。
　　　　　　　女兒今年二十歲了。

□働く　　　　【自五】工作，勞動
（はたらく）　父は大使館で働いている。
　　　　　　　父親在大使館工作。

□八　　　　　【數】八，八個
（はち）　　　一番から八番まで、ここに並んでください。
　　　　　　　一號到八號，請排這裡。

□二十日　　　【名】二十號；二十天
（はつか）　　今月の二十日は私の誕生日です。
　　　　　　　這個月的二十日是我的生日。

□鼻
（はな）

【名】鼻子

彼は鼻が大きいです。

他的鼻子很大。

□花
（はな）

【名】花

公園にはいろいろな花が咲いてます。

公園裡開了許多花。

□話し
（はなし）

【名】話，說話，講話

親の話をよく聞きなさい。

要好好聽父母的話。

□話す
（はなす）

【他五】說，講；告訴

自分のことはあまり友達に話しません。

我不怎麼跟朋友說自己的話。

□母
（はは）

【名】母親

紹介します。母です。

我來介紹一下，這是家母。

□早い
（はやい）

【形】早

今日は、早く帰ってきてね。

今天早點回來喔！

□速い
（はやい）

【形】快

あの車はとても速く走ります。

那輛車跑很快。

□貼る
（はる）

【他五】貼，糊

封筒に切手を貼ります。

在信封上貼郵票。

は

□春 （はる）	【名】春天 <ruby>春<rt>はる</rt></ruby>になると<ruby>桜<rt>さくら</rt></ruby>が<ruby>咲<rt>さ</rt></ruby>きます。 一到春天櫻花就開了。
□晴れる （はれる）	【自下一】（天氣）晴，（雲霧）消散 <ruby>明日<rt>あす</rt></ruby>はきっと<ruby>晴<rt>は</rt></ruby>れます。 明天一定會放晴的。
□〜半 （〜はん）	【接尾】半，一半 <ruby>二時半<rt>にじはん</rt></ruby>に、<ruby>駅前<rt>えきまえ</rt></ruby>で<ruby>会<rt>あ</rt></ruby>いましょう。 兩點半車站前見。
□パン （葡　pao）	【名】麵包 <ruby>今<rt>いま</rt></ruby>の<ruby>子供<rt>こども</rt></ruby>はパンが<ruby>好<rt>す</rt></ruby>きですね。 現在的小孩很喜歡吃麵包。
□晩 （ばん）	【名】晚上 あしたの<ruby>晩<rt>ばん</rt></ruby>、<ruby>京都<rt>きょうと</rt></ruby>に<ruby>行<rt>い</rt></ruby>きます。 明天晚上去京都。
□〜番 （〜ばん）	【接尾】（表示順序）第 <ruby>三番<rt>さんばん</rt></ruby>の<ruby>方<rt>かた</rt></ruby>はいますか？ 三號的客人在嗎？
□ハンカチ （handkerchief）	【名】手帕 <ruby>家内<rt>かない</rt></ruby>にきれいなハンカチを<ruby>贈<rt>おく</rt></ruby>りました。 送內人漂亮的手帕。
□番号 （ばんごう）	【名】號碼 <ruby>一郎<rt>いちろう</rt></ruby>の<ruby>背番号<rt>せばんごう</rt></ruby>は<ruby>三十三<rt>さんじゅうさん</rt></ruby>です。 一郎的球背號碼是三十三號。

□晩御飯 　　【名】晩飯
　（ばんごはん）
　　　　　　いっしょに晩ご飯を食べませんか？
　　　　　　一起吃個晩飯如何？

□半分 　　　【名】半，一半
　（はんぶん）
　　　　　　パンを半分に切ります。
　　　　　　麵包切一半。

▲好吃的拉麵店

は

□火	【名】火
（ひ）	マッチで火を点けます。
	用火柴起火。

□東	【名】東，東方
（ひがし）	東はどちらですか？
	哪邊是東邊？

□〜匹	【接尾】（鳥、蟲、魚、獸）條，隻，匹，頭
（〜ひき）	魚が三匹泳いでいます。
	有三條魚游著。

□引く	【他五】拉，拖，牽
（ひく）	辞書を引いて、単語を調べます。
	用字典查不懂的單字。

□弾く	【他五】彈
（ひく）	彼女は毎晩ピアノを弾いています。
	她每天晚上彈琴。

□低い	【形】低，矮
（ひくい）	私は彼より背が低いです。
	我比他矮。

□飛行機	【名】飛機
（ひこうき）	飛行機に乗って、日本へ行きます。
	乘坐飛機到日本。

□左　　　　　【名】左，左邊
（ひだり）　　左の席にどうぞ。
　　　　　　　請坐左邊的位子。

□人　　　　　【名】人
（ひと）　　　あの人は日本人ではありません。
　　　　　　　那個人不是日本人。

□一つ　　　　【數，名】一個；一歲
（ひとつ）　　箱は一つしか持っていません。
　　　　　　　我只有一個箱子。

□一月　　　　【名】一個月
（ひとつき）　日本語を勉強してから、一月になりました。
　　　　　　　學日語已經有一個月了。

□一人　　　　【名】一個人
（ひとり）　　一人で旅行します。
　　　　　　　一個人去旅行。

□暇　　　　　【名，形動】時間，功夫；空閒
（ひま）　　　暇な時に映画を見ます。
　　　　　　　有時間就去看電影。

□百　　　　　【名】一百
（ひゃく）　　百円持っていますか？
　　　　　　　你有一百日圓嗎？

□病院　　　　【名】醫院
（びょういん）風邪をひいて、病院へ行った。
　　　　　　　感冒去了醫院。

ひ

□病気 （びょうき）	【名】病，疾病 おじさんの病気は良くなった。 我伯父的病情好轉了。
□平仮名 （ひらがな）	【名】平假名 名前をひらがなで書いてください。 請用平假名寫名字。
□昼 （ひる）	【名】白天；中午；午飯 昼休みは何時から何時までですか？ 午休時間是幾點到幾點？
□昼御飯 （ひるごはん）	【名】午飯 いっしょに昼ご飯を食べましょう。 一起吃個午餐吧！
□広い （ひろい）	【形】廣大，寬大 妹の部屋は広いです。 我妹妹的房間很寬。

▲簡餐速食店

□**フィルム**
（film）

【名】底片，膠片
三十六枚撮りのフィルムをください。
請給我三十六張的底片。

□**封筒**
（ふうとう）

【名】信封，文件袋
封筒に住所を書いてください。
請在信封上填寫住址。

□**プール**
（pool）

【名】游泳池
週一回、プールで泳ぎます。
每週游一次泳。

□**フォーク**
（fork）

【名】餐叉，叉子
フォークで食べた方がいいです。
最好用叉子吃。

□**服**
（ふく）

【名】衣服
服を洗います。
洗衣服。

□**吹く**
（ふく）

【自五】刮；吹
風が吹いて、葉が落ちた。
風一吹葉子落下來了。

□**二つ**
（ふたつ）

【數】兩個；兩歲
コーラを二つください。
給我兩杯可樂。

ふ

□ 豚肉 （ぶたにく）	【名】豬肉 豚肉の料理を食べたいです。 我想吃豬肉料理。
□ 二人 （ふたり）	【名】兩個人 二人で食事に行きましょう。 我們兩人出吃飯吧！
□ 二日 （ふつか）	【名】二號，二日；兩天 父は今月の二日に日本から帰ってきます。 這個月的二日爸爸從日本回來。
□ 太い （ふとい）	【形】粗，胖 足が、太くなりました。 腳變胖了。
□ 冬 （ふゆ）	【名】冬天，冬季 冬になっても雪が降りません。 到冬天也不會下雪。
□ 降る （ふる）	【自五】（雨、雪等）下，降 そとは雨が降っています。 外面下著雨。
□ 古い （ふるい）	【形】古老，年久；老式 古い歌をよく知っていますね。 老歌你懂得還挺多的。
□ 風呂 （ふろ）	【名】浴缸，澡盆，浴池 お風呂に入ってから、テレビを見なさい。 洗完澡再看電視。

□〜分　　　　　　【名】（時間）分
　（〜ふん）　　　　五分ぐらい待ってください。
　　　　　　　　　　等我五分左右。

▲商店街

□ページ （page）	【名，接尾】頁 この本は何ページありますか？ 這本書有幾頁?
□下手 （へた）	【名，形動】不高明，笨拙，不靈巧 私の字は下手です。 我的字很不好看。
□ベッド （bed）	【名】床 ベッドの上で本を読みます。 在床上看書。
□部屋 （へや）	【名】房間 あなたの部屋は何番ですか？ 你的房間號碼幾號?
□辺 （へん）	【名】附近，一帶 この辺には銀行がありません。 這附近沒有銀行。
□ペン （pen）	【名】筆，鋼筆 ペンを貸してください。 請借我筆。
□勉強 （べんきょう） ・する	【名，他サ】學習，用功 日本語を一生懸命 勉強します。 拼命學日語。

□**便利**
（べんり）

【形動】便利，方便

コンピューターは本当に便利ですね。
電腦真是方便。

▲慶典

へ

□ 〜ほう	【名】（用於比較）部類，類型
	知らないより知っている方がいいです。
	知道比不知道好。
□ 帽子 （ぼうし）	【名】帽子
	日ざしが強いから、帽子を被りましょう。
	陽光很強，戴上帽子吧！
□ ボールペン （ball pen）	【名】原子筆
	ボールペンできれいに書きましょう。
	用原子筆漂亮地寫。
□ 外 （ほか）	【名】其他，另外；別處
	ほかに質問はありますか？
	有其他的問題嗎？
□ ポケット （pocket）	【名】口袋，衣袋
	ポケットが大きいですから、なんでも入ります。
	口袋很大，所以什麼都可以裝進去。
□ 欲しい （ほしい）	【形】希望得到
	お金がほしいです。
	我想要錢。
□ 細い （ほそい）	【形】細，狹窄
	この道は細いですね。
	這條路很窄。

□ボタン	【名】扣子，鈕釦
	このボタンはあなたのですか？
	這是你的釦子嗎？
□ホテル	【名】飯店，旅館
	あのホテルは立派^{りっぱ}ですね。
	那間飯店很豪華。
□本 （ほん）	【名】書
	どんな本^{ほん}が好^すきですか？
	你喜歡什麼樣的書？
□～本 （～ほん）	【接尾】（計算細而長的物品）枝，瓶，棵，條
	ペンを二本^{にほん}ください。
	請給我兩枝筆。
□本棚 （ほんだな）	【名】書架，書櫥
	本棚^{ほんだな}に本^{ほん}がたくさんありますね。
	書架上有許多書呢。
□本当に （ほんとうに）	【副】真，確實
	本当^{ほんとう}にありがとうございました。
	真是謝謝你。

ほ

□ ～枚 （～まい）	【接尾】（計算平而薄的物品）張，片，幅 八十円_{はちじゅうえん}の切手_{きって}を三枚_{さんまい}ください。 請給我八十圓的郵票三張。
□ 毎朝 （まいあさ）	【名】每天早上 毎朝_{まいあさ}六時_{ろくじ}に起_おきます。 每天早上六點起床。
□ 毎月 （まいげつ ／ まいつき）	【名】每月 毎月_{まいつき}家族_{かぞく}にお金_{かね}を送_{おく}ります。 每個月給家人送錢。
□ 毎週 （まいしゅう）	【名】每星期 毎週_{まいしゅう}日曜日_{にちようび}に山_{やま}を登_{のぼ}ります。 每週的星期日去爬山。
□ 毎年 （まいとし ／ まいねん）	【名】每年 毎年_{まいねん}夏休_{なつやす}みに日本_{にほん}へ行_いきます。 每年暑假去日本。
□ 毎日 （まいにち）	【名】每天 毎日_{まいにち}、朝_{あさ}九時_{くじ}から五時_{ごじ}まで働_{はたら}きます。 每天早上九點到五點工作。
□ 毎晩 （まいばん）	【名】每天晚上 毎晩_{まいばんおそ}遅くまで勉強_{べんきょう}します。 每天看書看到很晚。

□前　　　　　　【名】前，前面
　（まえ）　　　駅の前で会いましょう。
　　　　　　　　車站前見面吧！

□〜前　　　　　【接尾】〜之前
　（〜まえ）　　熱が二日前からありました。
　　　　　　　　兩天前開始發燒。

□曲がる　　　　【自五】彎曲；拐彎
　（まがる）　　急に曲がらないでください。
　　　　　　　　不要突然地轉彎嘛！

□不味い　　　　【形】不好吃
　（まずい）　　この店は高くて、まずいです。
　　　　　　　　這家店又貴，又不好吃。

□又　　　　　　【副】還，又；另外
　（また）　　　彼女はまた来ますか？
　　　　　　　　她還會來嗎？

□未だ　　　　　【副】還，尚
　（まだ）　　　みんなはまだ来ませんね。
　　　　　　　　大家怎麼都還沒來。

□町　　　　　　【名】大街；城鎮
　（まち）　　　この町はいつもにぎやかですね。
　　　　　　　　這條街總是很熱鬧呢。

□待つ　　　　　【他五】等候，等待
　（まつ）　　　何分ぐらい待ちますか？
　　　　　　　　要等幾分鐘呢？

ま

□ 真っ直ぐ （まっすぐ）	【副，形動】筆直，直接 線をまっすぐに引いてください。 請畫直線。
□ マッチ （match）	【名】火材盒 マッチで火をつける。 用火柴點火。
□ 窓 （まど）	【名】窗戶 風は窓から入ってきました。 風從窗戶吹了進來。
□ 丸い・円い （まるい）	【形】圓形，球形；圓滿 丸い円を描きましょう。 畫個圓吧！
□ 万 （まん）	【名】萬 このくつは三万円です。 這雙鞋子三萬日圓。
□ 万年筆 （まんねんひつ）	【名】鋼筆 この万年筆は高いです。 這支鋼筆很貴的。

□磨く
（みがく）
【他五】刷，擦
寝る前に歯を磨きなさい。
睡前要刷牙。

□右
（みぎ）
【名】右，右側
あなたの席は右側です。
你的座位在這右邊。

□短い
（みじかい）
【形】短
この仕事は短い時間で終わりました。
這件工作短時間裡就完成了。

□水
（みず）
【名】水
水を飲みます。
喝水。

□店
（みせ）
【名】店，商店
この店の料理はおいしいです。
這家店的料理很好吃。

□見せる
（みせる）
【他下一】給～看，讓～看
パスポートを見せてください。
請讓我看一下護照。

□道
（みち）
【名】道路
この道をまっすぐ行ってください。
請這條路直走。

み

□三日 （みっか）	【名】三號，三天 三日前からあまり寝ていません。 三天前開始就不怎麼睡覺了。
□三つ （みっつ）	【名】三個，三歲 机の上にみかんが三つあります。 桌上有三個橘子。
□皆さん （みなさん）	【名】大家，各位 みなさんは来ましたか？ 大家都來了嗎?
□南 （みなみ）	【名】南，南方 銀行は駅の南にあります。 銀行在車站的南邊。
□耳 （みみ）	【名】耳朵 おばあちゃんの耳は遠いです。 奶奶的耳朵中聽。
□見る （みる）	【他上一】看，觀看 毎晩、テレビを見ます。 每天晚上看電視。
□皆 （みんな）	【名】(的口語形) 大家 皆といっしょに食事をしました。 跟大家一起吃了飯。

む

□ **六日**
（むいか）

【名】六號，六天

今月の六日は、彼とデートです。

這個月的六日跟他約會。

□ **向こう**
（むこう）

【名】正面，對面；那邊

向こうの学生たちはなにをしていますか？

對面的學生在做什些麼呢？

□ **難しい**
（むずかしい）

【形】難，難懂；麻煩，複雜

日本語は難しくありません。

日語不難。

▲計程車

□目	【名】眼睛
（め）	彼女の目は大きくて、きれいです。
	她的眼睛又大又美。

□メートル	【名】公尺，米
（法　metre）	ここからそこまで百メートルぐらいあります。
	從這裡到那裡有一百公尺左右。

□眼鏡	【名】眼鏡
（めがね）	このメガネはいくらですか？
	這個眼鏡多少錢?

も

□もう	【副】已經
	もう五時{ご じ}になりました。
	已經五點了。

□もう	【副】還，再
	もう一杯{いっぱい}いかがですか？
	再來一杯如何？

□申す （もうす）	【他五】叫，稱
	始{はじ}めまして、田中{たなか}と申{もう}します。
	初次見面，敝姓田中。

□木曜日 （もくようび）	【名】星期四
	では木曜日{もくようび}に会{あ}いましょう。
	那麼，我們星期四見了。

□もしもし	【感】（打電話）喂喂
	もしもし、田中{たなか}さんをお願{ねが}いします。
	喂！我找田中小姐。

□勿論 （もちろん）	【副】當然，不用說
	私{わたし}はもちろん行{い}きます。
	我當然去。

□持つ （もつ）	【他五】拿，帶
	日中辞典{にっちゅうじてん}を持{も}っていますか？
	你有日中辭典嗎？

も

□もっと	【副】更加，再 もっと大<ruby>大<rt>おお</rt></ruby>きいサイズはありますか？ 有更大的尺寸嗎？
□物 （もの）	【名】物，東西，產品 何<ruby>何<rt>なに</rt></ruby>か冷たいものを飲みたいです。 我想喝個冷飲。
□門 （もん）	【名】門，大門 門の前に誰かいます。 有誰在門前的樣子。
□問題 （もんだい）	【名】問題 それは難しい問題です。 那是很難的問題。

▲日比目公園

や

□〜屋 （〜や）	【接尾】店，商店或工作人員 ちょっと魚屋へ行って来ます。 我去魚店一下。
□八百屋 （やおや）	【名】蔬菜店，菜舖 八百屋でキュウリとバナナを買いました。 到菜舖買小黃瓜跟香蕉。
□野菜 （やさい）	【名】蔬菜，青菜 野菜をたくさん食べなければいけません。 要多吃蔬菜。
□易しい （やさしい）	【形】容易，簡單 易しい漢字から覚えましょう。 從容易的漢字開始背。
□安い （やすい）	【形】便宜 ここの料理はおいしくて安いです。 這裡的菜又好吃又便宜。
□休み （やすみ）	【名】休息，假日，停止營業 休みの日はなにをしていますか？ 你假日都做些什麼？
□休む （やすむ）	【自五】休息，睡，歇息 病気で会社を休みます。 因爲生病，所以沒上班。

や

□八つ （やっつ）	【數】八個，八歲 トマトを八つください。 給我八個蕃茄。
□山 （やま）	【名】山；成堆如山 山に登ります。 爬山。
□やる	【他五】做，幹，搞 仕事だからやらなければなりません。 這是工作所以不得不做。

▲渋谷的一角

ゆ

□夕方　　　　　　【名】傍晚
　（ゆうがた）　　夕方に雨が降るでしょう。
　　　　　　　　　傍晚會下雨吧！

□郵便局　　　　　【名】郵局
　（ゆうびんきょく）郵便局で手紙を出します。
　　　　　　　　　到郵局寄信。

□夕べ　　　　　　【名】昨天晚上
　（ゆうべ）　　　夕べ何をしましたか？
　　　　　　　　　昨天晚上你都做些什麼？

□有名　　　　　　【形動】有名，聞名
　（ゆうめい）　　これは有名な建物です。
　　　　　　　　　這是有名的建築物。

□雪　　　　　　　【名】雪
　（ゆき）　　　　夕べから雪が降っています。
　　　　　　　　　從昨天晚上開始下雪。

□ゆっくり　　　　【副】慢慢，不著急
　　　　　　　　　あそこまでゆっくり散歩しましょう。
　　　　　　　　　慢慢地散步到那裡去吧！

ゆ

□八日 （ようか）	【名】八號；八天 八月八日は父の日です。 八月八日是父親節。
□洋服 （ようふく）	【名】西服；洋裝 これはバーゲンで買った洋服です。 這是在大拍賣買的洋裝。
□よく	【副】經常地，很好地 彼とはよく電話で話しました。 我經常跟他講電話。
□よく	【副】仔細地 よく考えて答えましょう。 仔細地想想再回答吧！
□横 （よこ）	【名】橫；旁邊 横の席は空いています。 旁邊的座位沒人坐。
□四日 （よっか）	【名】四號；四天 病気で四日間休みました。 因為生病所以休息了四天。
□四つ （よっつ）	【數】四個，四歲 この子は四つで英語が話せますよ。 這孩子四歲就會說英文了。

□呼ぶ （よぶ）	【他五】招呼，喚來 田中さん、先生が呼んでいます。 田中小姐，老師叫你。
□読む （よむ）	【他五】讀，看 毎日、本を読みます。 每天看書。
□夜 （よる）	【名】晚上，夜裡 夜遅くまで働きます。 工作到很晚。

▲東京電影院的看板

よ

ら

□来月
（らいげつ）
【名】下個月
来月は忙しくありません。
下個月不怎麼忙。

□来週
（らいしゅう）
【名】下週
来週から授業が始まります。
從下星期開始上課。

□来年
（らいねん）
【名】明年
姉は来年の春に結婚します。
姊姊明年春天結婚。

□ラジオ
（radio）
【名】收音機
ラジオを使って日本語を勉強します。
聽收音機學日語。

り

□ **立派**
（りっぱ）

【形動】出色，優秀

この建物は立派ですね。

這棟建築物很壯觀。

□ **留学生**
（りゅうがくせい）

【名】留學生

留学生の会に出席しました。

出席留學生會。

□ **両親**
（りょうしん）

【名】父母，雙親

ご両親はお元気ですか？

你雙親好嗎?

□ **料理**
（りょうり）

【名】飯菜；做菜，烹調

おいしい料理を作りましょう。

來做好吃的菜吧!

□ **旅行**
（りょこう）・**する**

【名，自サ】旅行

一人で日本へ旅行したいです。

我想一個人到日本留學。

り

□ 零　　　　　　　　【名】零
　（れい）　　　　　彼の数学はいつも零点でした。
　　　　　　　　　　他的數學總是考零分。

□ 冷蔵庫　　　　　　【名】電冰箱，冷藏室
　（れいぞうこ）　　冷蔵庫にケーキが入っています。
　　　　　　　　　　冰箱裡有蛋糕。

□ レコード　　　　　【名】唱片
　（record）　　　　毎朝、レコードを聞きながら新聞を読みます。
　　　　　　　　　　每天早上邊聽唱片，邊看報紙。

□ レストラン　　　　【名】西餐館
　（法 restaurant）　駅前に新しいレストランができた。
　　　　　　　　　　車站前新開了一家餐廳。

□ 練習　　　　　　　【名，他サ】練習
　（れんしゅう）　　練習が足りませんね。
　・する　　　　　　練習不夠。

□六	【數】六，六個
（ろく）	六^{ろくぎょうめ}行目から読^よんでください。
	請從第六行開始讀。

▲郵筒

□ワイシャツ （white shirt）	【名】襯衫 ワイシャツにアイロンをかける。 用熨斗燙襯衫。
□若い （わかい）	【形】年輕，有朝氣 お母さんは若いですね。 你母親好年輕喔！
□分かる （わかる）	【自五】知道，明白 言っていることがよくわかりません。 我不知道你在説什麼。
□忘れる （わすれる）	【他下一】忘記，忘掉 帰りの時間を忘れました。 忘記了回家的時間。
□私 （わたくし）	【代】我（謙遜的説法） わたくしは田中商事の小林と申します。 我是田中商事的小林。
□私 （わたし）	【代】我 私は留学生です。 我是留學生。
□渡す （わたす）	【他五】交給 お金を渡します。 交錢。

□渡る	【自五】渡，過
（わたる）	橋を渡ります。 過橋。

□悪い	【形】不好，有害，壞
（わるい）	天気が悪くなりました。 變天了。

▲藥局

隨手筆記欄

第三篇

歷屆考古題總整理

1. 次の文の＿＿の漢字（漢字と仮名）は
どう読みますか。①②③④から一番
いいものをひとつ選びなさい。

問題　1

あの　₍₁₎人は　₍₂₎留学生です。

1. 人　　①じん　②しん
　　　　③ひと　④にん
2. 留学生　①りゅうがくせ　　②りゅうがくせい
　　　　③りゅがくせ　　④りゅがくせい

答案　③②

問題　2

₍₁₎机の　₍₂₎上に　₍₃₎本が　あります。

1. 机　　①づくえ　　　②つくえ
　　　　③つぐえ　　　④づぐえ
2. 上　　①まえ　　　②うしろ
　　　　③うえ　　　④した
3. 本　　①ぼん　　　②ほん
　　　　③ぽん　　　④はん

答案　②③②

⁽¹⁾ ⁽²⁾ ⁽³⁾
今 外は 雨が ふって います。

  1. 今　　①いま　　　　　②こん
　　　　　③きょう　　　　④げんざい
  2. 外　　①がい　　　　　②そっと
　　　　　③そと　　　　　④そど
  3. 雨　　①あま　　　　　②あめ
　　　　　③まえ　　　　　④あみ

答案 ①③②

あの　建物の　後ろに　銀行が　あります。
⁽¹⁾　　　　⁽²⁾　　　⁽³⁾

  1. 建物　①たてもの　　　②たてぶつ
　　　　　③けんぶつ　　　④けんもの
  2. 後ろ　①ごろ　　　　　②あとろ
　　　　　③うしろ　　　　④うじろ
  3. 銀行　①ぎんこ　　　　②ぎんこう
　　　　　③きんこう　　　④きんこ

答案 ①③②

問題　5

（1）　（2）　（3）
毎日　車で　大学へ　行きます。（1995年度）

1．毎日　　①まいにち　　　　②まえにち
　　　　　③めいにち　　　　④めえにち
2．車　　　①くろま　　　　　②くるま
　　　　　③こるま　　　　　④ころま
3．大学　　①たいかく　　　　②たいがく
　　　　　③だいかく　　　　④だいがく

答案　①②④

問題　6

（1）　（2）　（3）
先生の　話は　半分　わかります。

1．先生　　①せんせ　　　　　②せんぜい
　　　　　③せんせい　　　　④せっせい
2．話　　　①ほなし　　　　　②はなし
　　　　　③はなじ　　　　　④はっなし
3．半分　　①はんぷん　　　　②はんぶん
　　　　　③はんふん　　　　④ばんぷん

答案　③②②

⁽¹⁾世界で ⁽²⁾一番 すきな ⁽³⁾国は どこですか。

1. 世界 ①せいかい ②せかい
③せっかい ④せいっかい
2. 一番 ①いちばん ②いちぱん
③いつばん ④いつぱん
3. 国 ①くうに ②くうにい
③くにい ④くに

答案 ②①④

⁽¹⁾昨日、⁽²⁾一人で ⁽³⁾店に いきました。

1. 昨日 ①きのう ②きの
③きいの ④きいのう
2. 一人 ①いちにん ②ひとり
③ひとじん ④ひどり
3. 店 ①みせ ②みぜ
③めせ ④めぜ

答案 ①②①

151

問題　9

⁽¹⁾　⁽²⁾
水で　薬を　のみました。

- 1. 水　　　①みず　　　　②みす
　　　　　　③めす　　　　④めず
- 2. 薬　　　①くっすり　　②くずり
　　　　　　③くすうり　　④くすり

答案　①④

問題　10

⁽¹⁾　⁽²⁾　　⁽³⁾
山の　上に　白くて　大きい　たてものが　あります。
（1994 年度）

- 1. 山　　　　①やま　　　　②かわ
　　　　　　　③みち　　　　④むら
- 2. 上　　　　①した　　　　②うえ
　　　　　　　③まえ　　　　④よこ
- 3. 白くて　　①しらくて　　②ひらくて
　　　　　　　③しろくて　　④ひろくて

答案　①②③

⁽¹⁾ ⁽²⁾ ⁽³⁾
姉は　掃除や　洗濯は　きらいです。

1．姉　　　　①あに　　　　②いもうと
　　　　　　③あね　　　　④おとうと
2．掃除　　　①ぞうし　　　②そうじ
　　　　　　③そじ　　　　④そうし
3．洗濯　　　①せんだく　　②せんたく
　　　　　　③せんたっく　④せんたぐ

答案　③②②

⁽¹⁾ ⁽²⁾ ⁽³⁾
この　地図の　中で、日本は　どこですか。

1．地図　　　①ちいず　　　②てず
　　　　　　③ちず　　　　④ちずう
2．中　　　　①なが　　　　②なっか
　　　　　　③まえ　　　　④なか
3．日本　　　①にぼん　　　②にほん
　　　　　　③にっぽん　　④にぽん

答案　③④②

問題 13

ほかの　質問は　ありますか。

①しもん　　　　②しちもん
③しつもん　　　④しつぼん

答案　③

問題 14

（1）　　　　　　　（2）
去年、アメリカに　旅行に　行きました。

1. 去年　　①きょうねん　　②きょっねん
　　　　　③きょねん　　　④ぎょうねん
2. 旅行　　①りょこう　　　②りょうこう
　　　　　③りょうこ　　　④りょっこう

答案　③①

この　<u>古い</u>⁽¹⁾　<u>本</u>⁽²⁾は　<u>三千六百円</u>⁽³⁾です。（1993年度）

1. 古い　　①ほそい　　　　②やすい
　　　　　　③ふとい　　　　④ふるい
2. 本　　　①はん　　　　　②ばん
　　　　　　③ほん　　　　　④ぼん
3. 三千六百円　①さんせんろくひゃくえん
　　　　　　　②さんぜんろっぴゃくえん
　　　　　　　③さんぜんろくひゃくえん
　　　　　　　④さんせんろっぴゃくえん

答案　④③②

<u>今朝</u>⁽¹⁾、<u>父</u>⁽²⁾は　<u>仕事</u>⁽³⁾を　しに　でかけました。

1. 今朝　　①いまあさ　　　②こんあさ
　　　　　　③けさ　　　　　④ゆうべ
2. 父　　　①ちち　　　　　②はは
　　　　　　③あね　　　　　④あに
3. 仕事　　①しこと　　　　②しごど
　　　　　　③しごと　　　　④じごと

答案　③①③

155

問題 17

<u>月曜日</u>の （1） <u>午後</u>に （2） <u>来て</u> （3） ください。

1. 月曜日 　①げつようび　　②かようび
　　　　　　③すいようび　　④もくようび
2. 午後　　　①こご　　　　　②ここ
　　　　　　③ごご　　　　　④ごっご
3. 来て　　　①くて　　　　　②きて
　　　　　　③いて　　　　　④こて

答案　①③②

問題 18

<u>今日</u>の （1） <u>授業</u>に （2） <u>出席</u>しますか。 （3）

1. 今日　　　①きょ　　　　　②きょう
　　　　　　③ぎょ　　　　　④ぎょう
2. 授業　　　①じゅうぎょう　②じゅっぎょう
　　　　　　③じゅぎょう　　④じゅぎょ
3. 出席　　　①しゅせき　　　②しゅうせき
　　　　　　③しゅっせき　　④しゅっせいき

答案　②③③

(1)今月の (2)九日は (3)弟の (4)誕生日です。

1. 今月　　　①いまげつ　　　②こんげつ
　　　　　　③こんがつ　　　④らいげつ

2. 九日　　　①とおか　　　②なのか
　　　　　　③ようか　　　④ここのか

3. 弟　　　　①おとうと　　②いもうと
　　　　　　③あね　　　　④あに

4. 誕生日　　①きねんび　　　②たんじょうび
　　　　　　③たんしょうび　④だんじょうび

答案 ②④①②

しけんは (1)来月の (2)七月 八日、(3)木よう日、(4)九時からです。（1992年度）

1. 来月　　　①くげつ　　　②らいがつ
　　　　　　③くがつ　　　④らいげつ

2. 七月　　　①しちがつ　　②しちげつ
　　　　　　③なのがつ　　④なのげつ

3. 木よう日　①きんようび　②すいようび
　　　　　　③かようび　　④もくようび

4. 九時　　　①くうじ　　　②きゅじ
　　　　　　③くじ　　　　④きゅうじ

答案 ④①④③

問題 21

お風呂に　はいる　前に　てれびを　みました。
₍₁₎　　　　　　₍₂₎　　₍₃₎

1. 風呂	①ふろ	②かぜろ
	③ふうろ	④ふろう
2. 前	①うえ	②した
	③まえ	④うしろ
3. てれび	①チレビ	②テレピ
	③テレビ	④デレピ

答案　①③③

問題 22

来週の　金曜日は　休みです。
₍₁₎　　　₍₂₎　　　₍₃₎

1. 来週	①らいねん	②らいしゅう
	③らいげつ	④らいしゅ
2. 金曜日	①げつようび	②すいようび
	③きんようび	④どようび
3. 休み	①やすみ	②やずみ
	③やすうみ	④やすいみ

答案　②③①

問題 23

（1）（2）
<u>早く</u> <u>学校</u>へ 行きましょう。

1. 早く   ①はやく   ②はっやく
                   ③はやあく   ④はやっく
2. 学校   ①かっこう   ②がこう
                   ③がっごう   ④がっこう

答案 ①④

問題 24

（1）（2）（3）
<u>冷蔵庫</u>の <u>横に</u> <u>机</u>が あります。

1. 冷蔵庫   ①れいそうこ   ②れいぞこ
                   ③れいぞうこ   ④れいぞうこう
2. 横   ①よこ   ②たて
                   ③ひがし   ④にし
3. 机   ①いす   ②つくえ
                   ③たな   ④はこ

答案 ③①②

けさの　ごじ<u>一分</u>に　<u>女の子</u>が　うまれました。(1997年
度)

1.　一分　　　　①いちふん　　　②いちぶん
　　　　　　　　③いっふん　　　④いっぷん

2.　女の子　　　①おなのこ　　　②おうなのこ
　　　　　　　　③おんなのこ　　④おなんのこ

答案　④③

▲東京鐵塔

2. 次の文の――のことばは、漢字や仮名でどう書きますか。①②③④から一番いいものをひとつ選びなさい。

問題 **1**

<u>きょねん</u>の <u>はる</u>に <u>はは</u>と いっしょに きました。
₍₁₎   ₍₂₎   ₍₃₎

1. きょねん	①今年	②来年
	③一年	④去年
2. はる	①夏	②春
	③秋	④冬
3. はは	①母	②父
	③姉	④兄

答案 ④②①

問題 **2**

<u>せんせい</u>、お<u>げんき</u>ですか。
₍₁₎   ₍₂₎

1. せんせい	①先性	②洗生
	③先生	④洗性
2. げんき	①原気	②源気
	③元気	④円気

答案 ③③

問題 3

(1)　　　(2)　　　(3)
ちちも　ははも　にほんごが　できません。

1. ちち 　　　①兄 　　　　②弟
　　　　　　　③父 　　　　④母
2. はは 　　　①母 　　　　②父
　　　　　　　③妹 　　　　④姉
3. にほんご 　①日本語 　　②韓国語
　　　　　　　③英語 　　　④中国語

答案　③①①

問題 4

(1)　　　(2)　　　(3)
おじと　おばは　にほんに　きた　ことが　あります。

1. おじ 　　　①父 　　　　②母
　　　　　　　③叔父 　　　④姉
2. おば 　　　①叔母 　　　②妹
　　　　　　　③弟 　　　　④兄
3. にほん 　　①中国 　　　②韓国
　　　　　　　③日本 　　　④米国

答案　③①③

問題 5

いつも　ここで　**しんぶん**を　**かいます**。（1995年度）
(1) (2)

1. しんぶん　①新文　　　　②新分
　　　　　　③新聞　　　　④新本
2. かいます　①員います　　②貿います
　　　　　　③貸います　　④買います

答案　③④

問題 6

いもうとは　**いしゃ**に　なりたいと　いいました。
(1) (2)

1. いもうと　①姉　　　　②兄
　　　　　　③妹　　　　④弟
2. いしゃ　　①先生　　　②医者
　　　　　　③学生　　　④大人

答案　③②

問題 7

あの　<u>おんな</u>⁽¹⁾のこは　<u>げんかん</u>⁽²⁾から　はいって　きました。

1. おんな　　①男　　　　②女
　　　　　　　③父　　　　④母
2. げんかん　①玄関　　　②庭
　　　　　　　③建物　　　④家

答案 ②①

問題 8

<u>つくえ</u>⁽¹⁾の　<u>うえ</u>⁽²⁾に　みかんが　<u>ここのつ</u>⁽³⁾　あります。

1. つくえ　　①右　　　　②左
　　　　　　　③机　　　　④東
2. うえ　　　①前　　　　②下
　　　　　　　③中　　　　④上
3. ここのつ　①六つ　　　②四つ
　　　　　　　③九つ　　　④七つ

答案 ③④③

164

⁽¹⁾
あついから　⁽²⁾まどを　⁽³⁾あけましょう。

1. あつい　　　①厚い　　　　②暑い
　　　　　　　③熱い　　　　④良い
2. まど　　　　①扉　　　　　②戸
　　　　　　　③門　　　　　④窓
3. あけましょう　①閉けましょう
　　　　　　　②開けましょう
　　　　　　　③関けましょう
　　　　　　　④間けましょう

答案 ②④②

こんしゅうの　⁽¹⁾どようびは　いえで　⁽²⁾やすみます。(1997
年度)

1. どようび　①上よう日　　②士よう日
　　　　　　③土よう日　　④止よう日
2. やすみます ①休みます　　②休すみます
　　　　　　③体みます　　④体すみます

答案 ③①

⁽¹⁾こんげつの　⁽²⁾ここのかは　⁽³⁾なんようびですか。

1. こんげつ 　①今月 　　　　②今週
　　　　　　　③明日 　　　　④今日
2. ここのか 　①八日 　　　　②四日
　　　　　　　③七日 　　　　④九日
3. なんようび ①土よう日 　　②何よう日
　　　　　　　③金よう日 　　④日よう日

答案 ①④②

⁽¹⁾いえの　⁽²⁾にわに　⁽³⁾はなが　さいて　います。

1. いえ 　①庭 　　　　②学校
　　　　　③家 　　　　④銀行
2. にわ 　①庭 　　　　②本
　　　　　③横 　　　　④山
3. はな 　①春 　　　　②花
　　　　　③夏 　　　　④冬

答案 ③①②

<u>ともだちと</u> いっしょに <u>としょかん</u>に いきました。
⁽¹⁾　　　　　　　⁽²⁾

　　1．ともだち　①共だち　　　　②朋だち
　　　　　　　　　③友だち　　　　④伴だち
　　2．としょかん①図書館　　　　②映画館
　　　　　　　　　③美術館　　　　④記念館

答案　③①

<u>まいにち</u> <u>でんしゃで</u> <u>がっこうへ</u> いきます。
⁽¹⁾　　　⁽²⁾　　　⁽³⁾

　　1．まいにち　①毎朝　　　　②毎日
　　　　　　　　　③毎晩　　　　④毎週
　　2．でんしゃ　①電子　　　　②電気
　　　　　　　　　③電車　　　　④伝車
　　3．がっこう　①学校　　　　②大学
　　　　　　　　　③校舎　　　　④学杈

答案　②③①

問題 15

その　かめらは　すこし　たかいです。（1995年度）
₍₁₎　　　₍₂₎　　₍₃₎

1. かめら　　①カメヲ　　　　②カメラ
　　　　　　③カナヲ　　　　④カナラ

2. すこし　　①示し　　　　　②小し
　　　　　　③少し　　　　　④不し

3. たかい　　①長い　　　　　②高い
　　　　　　③多い　　　　　④安い

答案　②③②

問題 16

きょうだいは　みんな　どうぶつが　すきです。
₍₁₎　　　　　　　　　₍₂₎

1. きょうだい　①姉　　　　②兄弟
　　　　　　　③兄　　　　④妹

2. どうぶつ　　①建物　　　②食べ物
　　　　　　　③動物　　　④部屋

答案　②③

この みせは まだ あいて いないですから、ほかへ
いきましょう。

    1. みせ　　　①店　　　　②家
    　　　　　　③学校　　　④銀行
    2. ほか　　　①外国　　　②洋服
    　　　　　　③外　　　　④話

答案 ①③

くすりは やおやの となりで うって います。

    1. くすり　　①楽　　　　②薬
    　　　　　　③庭　　　　④物
    2. やおや　　①八百屋　　②学校
    　　　　　　③商店　　　④銀行
    3. となり　　①道　　　　②水
    　　　　　　③隣　　　　④横

答案 ②①③

問題 **19**

ふうとうと きってを うっている みせは どこです
か。
⁽¹⁾　　　⁽²⁾　　　　　　　　　　　⁽³⁾

1. ふうとう　①手紙　　　　②紙
　　　　　　　③切手　　　　④封筒
2. きって　　①切手　　　　②手紙
　　　　　　　③封筒　　　　④小包
3. みせ　　　①家　　　　　②店
　　　　　　　③地図　　　　④名前

答案　④①②

問題 **20**

がっこうが おわってから、えいがを みに いきます。
⁽¹⁾　　　　　　　　　　　　　　⁽²⁾

1. がっこう　①学校　　　　②学文
　　　　　　　③学枚　　　　④学牧
2. みに　　　①具に　　　　②自に
　　　　　　　③貝に　　　　④見に

答案　①④

<u>まいつき</u> <u>いっかい</u> <u>えいが</u>を　みに　いきます。
(1)　　　(2)　　　(3)

1. まいつき　①毎月　　　　②毎週
　　　　　　　③毎年　　　　④毎日
2. いっかい　①一階　　　　②二階
　　　　　　　③一会　　　　④一回
3. えいが　　①計画　　　　②企画
　　　　　　　③映画　　　　④漫画

答案　①④③

<u>えんぴつ</u>を　<u>わすれた</u>ので、りんさんに　<u>かして</u>　もらい
(1)　　　　　　(2)　　　　　　　　　　　　(3)
ました。

1. えんぴつ　①鋼筆　　　　②筆
　　　　　　　③毛筆　　　　④鉛筆
2. わすれた　①急れた　　　②忘れた
　　　　　　　③思れた　　　④志れた
3. かして　　①貿して　　　②賃して
　　　　　　　③貸し　　　　④借して

答案　④②③

問題 23

⁽¹⁾みぎと ⁽²⁾ひだり、どちらに しますか。

1. みぎ   ①上   ②右
          ③前   ④下
2. ひだり   ①前   ②後ろ
          ③左   ④右

答案 ②③

問題 24

⁽¹⁾みなみの ⁽²⁾くにへ りょこう したいです。

1. みなみ   ①東   ②西
          ③南   ④北
2. くに   ①図   ②囲
          ③園   ④国

答案 ③④

わたしは　<u>きたの</u>⁽¹⁾　くにで　<u>うまれました</u>⁽²⁾。

1. きた　　　　①皮　　　　　②北
　　　　　　　③化　　　　　④比
2. うまれました ①生まれました　②主まれました
　　　　　　　③性まれました　④住まれました

答案　②①

▲新宿副都心

3. 次の文の＿＿のところに何を入れますか。1．2．3．4から一番いいものをひとつ選びなさい。

（1）わたしは ＿＿ いしゃに なりたいと おもいます。

1．いぜん　　　　　　　　　2．まえ

3．しょうらい　　　　　　　4．きのう

（2）＿＿＿は でんしゃを のる ときに いります

1．きっぷ　　　　　　　　　2．きって

3．ほん　　　　　　　　　　4．ふうとう

（3）よく わかりません。もう いちど ＿＿＿＿ して ください。

1．てんき　　　　　　　　　2．でんしゃ

3．せつめい　　　　　　　　4．食べ

（4）ここは ひとも みせも おおくて とても ＿＿＿＿ です。

1．しつもん　　　　　　　　2．にぎやか

3．はんぶん　　　　　　　　4．こたえ

（5）なつは まいにち ＿＿＿＿へ およぎに いきます。（1998 年度）

1．えき　　　　　　　　　　2．みせ

3．プール　　　　　　　　　4．テーブル

答案 (1)3. (2)1. (3)3. (4)2. (5)3.

（6）デパートで ＿＿＿に のりました。

1. エレベーター 　　　　　　2. かびん

3. にわ 　　　　　　　　　　4. ぎゅうにゅう

（7）わたしは にほんごを ＿＿＿＿ します。

1. べんきょう 　　　　　　　2. りょうり

3. しごと 　　　　　　　　　4. せんたく

（8）＿＿＿＿からの りゅうがくせいは たくさん
います。

1. がいこく 　　　　　　　　2. やま

3. うみ 　　　　　　　　　　4. かわ

（9）うみへ ＿＿＿に いきます。

1. ようふく 　　　　　　　　2. いえ

3. でんしゃ 　　　　　　　　4. およぎ

（10）なのかの つぎは ＿＿＿です。（1992 年度）

1. とうか 　　　　　　　　　2. ようか

3. むいか 　　　　　　　　　4. よっか

答案 (6)1. (7)1. (8)1. (9)4. (10)2.

（11）＿＿＿＿＿＿＿で　こづつみを　おくります。

　　1. ゆうびんきょく　　　　2. やおや
　　3. たてもの　　　　　　　4. ぎんこう

（12）＿＿＿　なんじですか。

　　1. おととい　　　　　　　2. きのう
　　3. いま　　　　　　　　　4. しょうらい

（13）＿＿＿＿＿で　りょうりを　します。

　　1. ゆうびんきょく　　　　2. だいどころ
　　3. ふろ　　　　　　　　　4. ぎんこう

（14）＿＿＿＿＿＿で　てを　あらいます。

　　1. えんぴつ　　　　　　　2. はいざら
　　3. てがみ　　　　　　　　4. せっけん

（15）まいばん　かおを　＿＿＿＿＿＿から　ねます。（1997
　　　年度）

　　1. あらって　　　　　　　2. かって
　　3. みて　　　　　　　　　4. うって

答案　　(11)1. (12)3. (13)2. (14)4. (15)1.

（16）＿＿＿＿＿で　きってを　かいました。

    1．ぎんこう　　　　　　　　2．がっこう

    3．ゆうびんきょく　　　　　4．としょかん

（17）わたしの　＿＿＿＿は　ははと　あにと　わたしの

    さんにんです。（1997年度）

    1．ちち　　　　　　　　　　2．かぞく

    3．いもうと　　　　　　　　4．おとうと

（18）＿＿＿＿で　やさいを　かいます。

    1．やおや　　　　　　　　　2．がっこう

    3．ぎんこう　　　　　　　　4．ほてる

（19）ぎんこうに　＿＿＿＿を　あずけます。

    1．きって　　　　　　　　　2．てがみ

    3．ふうとう　　　　　　　　4．おかね

（20）きょうは　＿＿＿＿が　わるいから、かさを　もって

    いきます。（1995年度）

    1．そら　　　　　　　　　　2．くもり

    3．かぜ　　　　　　　　　　4．てんき

答案　(16)3.　(17)2.　(18)1.　(19)4.　(20)4

4. ＿＿＿＿の文とだいたい同じ意味の
文はどれですか。1．2．3．4から一
番いいものをひとつ選びなさい。

（1）おとといは　にちようびでした。

　　1．きょうは　どようびです。
　　2．きょうは　かようびです。
　　3．きょうは　きんようびです。
　　4．きょうは　もくようびです。

（2）あねは「おやすみなさい」と　いいました。

　　1．あねは　ごはんを　たべます。
　　2．あねは　でかけました。
　　3．あねは　ねます。
　　4．あねは　おきました。

（3）あの　ひとは　ははの　いもうとです。

　　1．わたしの　いとこです。
　　2．わたしの　おばです。
　　3．わたしの　おじです。
　　4．わたしの　おいです。

答案　　(1)2.　(2)3.　(3)2.

（4）<u>せんしゅうの　りょこうは　たのしかったです。</u>

   1. せんしゅうの　りょこうは　おもしろかったです。

   2. せんしゅうの　りょこうは　いやでした。

   3. せんしゅうの　りょこうは　つまらなかったです。

   4. せんしゅうの　りょこうは　おいしかったです。

（5）<u>ちちは　いま　でかけて　います。</u>（1998年度）

   1. ちちは　いま　いえに　います。

   2. ちちは　いま　いえを　でます。

   3. ちちは　いま　いえに　いません。

   4. ちちは　いま　いえに　つきました。

（6）<u>そらが　くもって　います。</u>

   1. てんきが　わるく　なりました。

   2. ゆきが　ふって　います。

   3. そらが　はれました。

   4. あめが　ふりました。

答案 (4)1. (5)3. (6)1.

（7）あそこは　やおやです。

1．あそこでは　とけいを　うって　います。
2．あそこでは　やさいを　うって　います。
3．あそこでは　ペンを　うって　います。
4．あそこでは　くつを　うって　います。

（8）50えんの　きってを　5まい　ください。それから、
80えんの　きってを　3まい　ください。

1．ぜんぶで　450えんです。
2．ぜんぶで　460えんです。
3．ぜんぶで　490えんです。
4．ぜんぶで　500えんです。

（9）にちようびから　かようびまで　かいしゃを　やす
みました。

1．きんようびは　かいしゃを　やすみました。
2．もくようびは　かいしゃを　やすみました。
3．すいようびは　かいしゃを　やすみました。
4．げつようびは　かいしゃを　やすみました。

答案　(7)2.　(8)3.　(9)4.

（10）その　ドアは　あいて　います。（1996／97年度）

 1．その　ドアは　しまって　いません。

 2．その　ドアは　しめて　あります。

 3．その　ドアは　あきません。

 4．その　ドアは　あけて　ありません。

（11）これは　ペンです。

 1．これを　つかって　じを　かきます。

 2．これを　つかって　いえを　つくります。

 3．これを　つかって　りょうりを　つくります。

 4．これを　つかって　パンを　つくります。

（12）こんばん　せんたくを　します。

 1．きょうの　あさ　せんたくを　します。

 2．きょうの　ゆうがた　せんたくを　します。

 3．きょうの　よる　せんたくを　します。

 4．きょうの　ひる　せんたくを　します。

答案 (10)1.　(11)1.　(12)3.

（13）<u>いまは　いそがしいです。</u>

1. いまは　ひまです。
2. いまは　しごとが　ありません。
3. いまは　あそんでいます。
4. いまは　じかんが　ありません。

（14）<u>わたしは　あにが　ひとりと　いもうとが　ひとり</u>
<u>います。</u>

1. わたしは　さんにん　きょうだいです。
2. わたしは　きょうだいが　いません。
3. わたしは　おんなの　きょうだいが　いません。
4. わたしは　おとこの　きょうだいが　いません。

（15）<u>じしょを　ひきました。</u>（1996 年度）

1. じかんが　わかりました。
2. でぐちが　わかりました。
3. でんわばんごうが　わかりました。
4. ことばの　いみが　わかりました。

答案　(13)4.　(14)1.　(15)4.

（16）<u>あのひとは　りゅうがくせいです。</u>（1995年度）

　　1. あのひとは　りょこうを　しに　きました。
　　2. あのひとは　べんきょうを　しに　きました。
　　3. あのひとは　はたらきに　きました。
　　4. あのひとは　あそびに　きました。

（17）<u>ギターを　ならって　います。</u>

　　1. ギターを　ひいて　います。
　　2. ギターを　べんきょうして　います。
　　3. ギターを　おしえて　います。
　　4. ギターが　たいへん　じょうずです。

（18）<u>この　コーヒーは　まずいです。</u>（1994年度）

　　1. この　コーヒーは　やすく　ないです。
　　2. この　コーヒーは　おいしく　ないです。
　　3. この　コーヒーは　からく　ないです。
　　4. この　コーヒーは　ふるく　ないです。

答案　(16)2. (17)2. (18)2.

MEMO

隨手筆記欄

第四篇

你一定要知道

N5必考文字・語彙

數字

1	いち	一
2	に	二
3	さん	三
4	し／よん	四
5	ご	五
6	ろく	六
7	しち／なな	七
8	はち	八
9	く／きゅう	九
10	じゅう	十
11	じゅういち	十一
12	じゅうに	十二
13	じゅうさん	十三
14	じゅうよん	十四
15	じゅうご	十五
16	じゅうろく	十六
17	じゅうなな	十七
18	じゅうはち	十八

19	じゅうきゅう	十九
20	にじゅう	二十
21	にじゅういち	二十一
30	さんじゅう	三十
40	よんじゅう	四十
50	ごじゅう	五十
60	ろくじゅう	六十
70	ななじゅう	七十
80	はちじゅう	八十
90	きゅうじゅう	九十
100	ひゃく	百
200	にひゃく	二百
300	さんびゃく	三百
400	よんひゃく	四百
500	ごひゃく	五百
600	ろっぴゃく	六百
700	ななひゃく	七百
800	はっぴゃく	八百
900	きゅうひゃく	九百

1,000	せん	千
2,000	にせん	二千
3,000	さんぜん	三千
4,000	よんせん	四千
5,000	ごせん	五千
6,000	ろくせん	六千
7,000	ななせん	七千
8,000	はっせん	八千
9,000	きゅうせん	九千
10,000	いちまん	一万
100,000	じゅうまん	十万
1,000,000	ひゃくまん	百万
10,000,000	せんまん	千万
1000,000,000	いちおく	一億

時候

日	ひ	日子
今日	きょう	今天
昨日	きのう	昨天
一昨日	おととい	前天

朝	あさ	早上
今朝	けさ	今早
晩	ばん	晚上
今晩	こんばん	今晚
週	しゅう	週、星期
今週	こんしゅう	本星期
先週	せんしゅう	上星期
月	つき	月
今月	こんげつ	這個月
先月	せんげつ	上個月
年	とし	年
今年	ことし	今年
去年	きょねん	去年
一昨年	おととし	前年

星期～

日曜日	にちようび	星期日
月曜日	げつようび	星期一
火曜日	かようび	星期二
水曜日	すいようび	星期三

木曜日	もくようび	星期四
金曜日	きんようび	星期五
土曜日	どようび	星期六
何曜日	なんようび	星期幾

年、月、日

明日	あした	明天
明後日	あさって	後天
毎日	まいにち	每天
毎朝	まいあさ	每天早上
毎晩	まいばん	每晚
毎週	まいしゅう	每星期
来週	らいしゅう	下星期
毎月	まいつき	每月
来月	らいげつ	下個月
毎年	まいねん	每年
来年	らいねん	明年

時刻

~點

一時	いちじ	一點
二時	にじ	二點
三時	さんじ	三點
四時	よじ	四點
五時	ごじ	五點
六時	ろくじ	六點
七時	しちじ	七點
八時	はちじ	八點
九時	くじ	九點
十時	じゅうじ	十點
十一時	じゅういちじ	十一點
十二時	じゅうにじ	十二點
何時	なんじ	幾點

~分

一分	いっぷん	一分
二分	にふん	二分
三分	さんぷん	三分

四分	よんぷん	四分
五分	ごふん	五分
六分	ろっぷん	六分
七分	ななふん	七分
八分	はっぷん／はちふん	八分
九分	きゅうふん	九分
十分	じゅっぷん	十分
十一分	じゅういっぷん	十一分
十五分	じゅうごふん	十五分
二十分	にじゅっぷん	二十分
二十五分	にじゅうごふん	二十五分
三十分	さんじゅっぷん	三十分
何分	なんぷん	幾分

日期

月		
一月	いちがつ	一月
二月	にがつ	二月
三月	さんがつ	三月

四月	しがつ	四月
五月	ごがつ	五月
六月	ろくがつ	六月
七月	しちがつ	七月
八月	はちがつ	八月
九月	くがつ	九月
十月	じゅうがつ	十月
十一月	じゅういちがつ	十一月
十二月	じゅうにがつ	十二月
何月	なんがつ	幾月

～日

一日	ついたち	一日
二日	ふつか	二日
三日	みっか	三日
四日	よっか	四日
五日	いつか	五日
六日	むいか	六日
七日	なのか	七日
八日	ようか	八日

九日	ここのか	九日
十日	とおか	十日
十一日	じゅういちにち	十一日
十二日	じゅうににち	十二日
十三日	じゅうさんにち	十三日
十四日	じゅうよっか	十四日
十五日	じゅうごにち	十五日
十六日	じゅうろくにち	十六日
十七日	じゅうしちにち	十七日
十八日	じゅうはちにち	十八日
十九日	じゅうくにち	十九日
二十日	はつか	二十日
二十一日	にじゅういちにち	二十一日
二十二日	にじゅうににち	二十二日
二十三日	にじゅうさんにち	二十三日
二十四日	にじゅうよっか	二十四日
二十五日	にじゅうごにち	二十五日
二十六日	にじゅうろくにち	二十六日
二十七日	にじゅうしちにち	二十七日

二十八日	にじゅうはちにち	二十八日
二十九日	にじゅうくにち	二十九日
三十日	さんじゅうにち	三十日
三十一日	さんじゅういちにち	三十一日
何日	なんにち	幾日

時間

一時間	いちじかん	一個小時
二時間	にじかん	二個小時
三時間	さんじかん	三個小時
四時間	よじかん	四個小時
五時間	ごじかん	五個小時
六時間	ろくじかん	六個小時
七時間	ななじかん／ しちじかん	七個小時
八時間	はちじかん	八個小時
九時間	くじかん	九個小時
十時間	じゅうじかん	十個小時

| 何時間 | なんじかん | 幾個小時 |

日期

~個星期

一週間	いっしゅうかん	一個星期
二週間	にしゅうかん	二個星期
三週間	さんしゅうかん	三個星期
四週間	よんしゅうかん	四個星期
五週間	ごしゅうかん	五個星期
六週間	ろくしゅうかん	六個星期
七週間	ななしゅうかん	七個星期
八週間	はっしゅうかん	八個星期
九週間	きゅうしゅうかん	九個星期
十週間	じゅっしゅうかん	十個星期
何週間	なんしゅうかん	幾個星期

~個月

一ヶ月	いっかげつ	一個月
二ヶ月	にかげつ	二個月
三ヶ月	さんかげつ	三個月

四ヶ月	よんかげつ	四個月
五ヶ月	ごかげつ	五個月
六ヶ月	ろっかげつ	六個月
七ヶ月	ななかげつ	七個月
八ヶ月	はっかげつ	八個月
九ヶ月	きゅうかげつ	九個月
十ヶ月	じゅっかげつ	十個月
何ヶ月	なんかげつ	幾個月

~年

一年	いちねん	一年
二年	にねん	二年
三年	さんねん	三年
四年	よねん	四年
五年	ごねん	五年
六年	ろくねん	六年
七年	しちねん／ななねん	七年
八年	はちねん	八年
九年	きゅうねん	九年
十年	じゅうねん	十年

何年	なんねん	幾年

量詞

東西

一つ	ひとつ	一個（歳……）
二つ	ふたつ	二個（歳……）
三つ	みっつ	三個（歳……）
四つ	よっつ	四個（歳……）
五つ	いつつ	五個（歳……）
六つ	むっつ	六個（歳……）
七つ	ななつ	七個（歳……）
八つ	やっつ	八個（歳……）
九つ	ここのつ	九個（歳……）
十	とお	十個（歳……）
	いくつ	幾個（歳……）

小的東西 （例如：橘子、蛋等）

一個	いっこ	一個（粒……）
二個	にこ	二個（粒……）
三個	さんこ	三個（粒……）

四個	よんこ	四個（粒……）
五個	ごこ	五個（粒……）
六個	ろっこ	六個（粒……）
七個	ななこ	七個（粒……）
八個	はっこ	八個（粒……）
九個	きゅうこ	九個（粒……）
十個	じゅっこ	十個（粒……）
何個	なんこ	幾（粒……）

人

一人	ひとり	一個人
二人	ふたり	二個人
三人	さんにん	三個人
四人	よにん	四個人
五人	ごにん	五個人
六人	ろくにん	六個人
七人	ななにん／しちにん	七個人
八人	はちにん	八個人
九人	きゅうにん／くにん	九個人
十人	じゅうにん	十個人

何人	なんにん	幾個人

薄的東西	（例如：紙、手帕等）	
一枚	いちまい	一張（片……）
二枚	にまい	二張（片……）
三枚	さんまい	三張（片……）
四枚	よんまい	四張（片……）
五枚	ごまい	五張（片……）
六枚	ろくまい	六張（片……）
七枚	ななまい	七張（片……）
八枚	はちまい	八張（片……）
九枚	きゅうまい	九張（片……）
十枚	じゅうまい	十張（片……）
何枚	なんまい	幾張（片……）

書		
一冊	いっさつ	一本
二冊	にさつ	二本
三冊	さんさつ	三本
四冊	よんさつ	四本
五冊	ごさつ	五本

六冊	ろくさつ	六本
七冊	ななさつ	七本
八冊	はっさつ	八本
九冊	きゅうさつ	九本
十冊	じゅっさつ	十本
何冊	なんさつ	幾本

細長的東西 （例如：鉛筆、樹等）

一本	いっぽん	一根（瓶、棵……）
二本	にほん	二根（瓶、棵……）
三本	さんぼん	三根（瓶、棵……）
四本	よんほん	四根（瓶、棵……）
五本	ごほん	五根（瓶、棵……）
六本	ろっぽん	六根（瓶、棵……）
七本	ななほん	七根（瓶、棵……）
八本	はっぽん	八根（瓶、棵……）
九本	きゅうほん	九根（瓶、棵……）
十本	じゅっぽん	十根（瓶、棵……）
何本	なんぼん	幾根（瓶、棵……）

年齢

一歳	いっさい	一歳
二歳	にさい	二歳
三歳	さんさい	三歳
四歳	よんさい	四歳
五歳	ごさい	五歳
六歳	ろくさい	六歳
七歳	ななさい	七歳
八歳	はっさい	八歳
九歳	きゅうさい	九歳
十歳	じゅっさい	十歳
何歳	なんさい／おいくつ	幾歳

小動物等　（例如：魚，馬）

一匹	いっぴき	一匹（條……）
二匹	にひき	二匹（條……）
三匹	さんびき	三匹（條……）
四匹	よんひき	四匹（條……）
五匹	ごひき	五匹（條……）
六匹	ろっぴき	六匹（條……）

七匹	ななひき	七匹（條……）
八匹	はっぴき	八匹（條……）
九匹	きゅうひき	九匹（條……）
十匹	じゅっぴき	十匹（條……）
何匹	なんびき	幾匹（條……）

飲料等 　（用杯子盛碗來盛的）

一杯	いっぱい	一杯
二杯	にはい	二杯
三杯	さんばい	三杯
四杯	よんはい	四杯
五杯	ごはい	五杯
六杯	ろっぱい	六杯
七杯	ななはい	七杯
八杯	はっぱい	八杯
九杯	きゅうはい	九杯
十杯	じゅっぱい	十杯
何杯	なんばい	幾杯

車、機器等

一台	いちだい	一台

二台	にだい	二台
三台	さんだい	三台
四台	よんだい	四台
五台	ごだい	五台
六台	ろくだい	六台
七台	ななだい	七台
八台	はちだい	八台
九台	きゅうだい	九台
十台	じゅうだい	十台
何台	なんだい	幾台

貨幣 （日幣）

一円	いちえん	一圓
二円	にえん	二圓
三円	さんえん	三圓
四円	よえん	四圓
五円	ごえん	五圓
六円	ろくえん	六圓
七円	ななえん	七圓
八円	はちえん	八圓

九円	きゅうえん	九圓
十円	じゅうえん	十圓
	いくら	幾(圓)

次數

一回	いっかい	一次
二回	にかい	二次
三回	さんかい	三次
四回	よんかい	四次
五回	ごかい	五次
六回	ろっかい	六次
七回	ななかい	七次
八回	はっかい	八次
九回	きゅうかい	九次
十回	じゅっかい	十次
何回	なんかい	幾次

日期

| 一階 | いっかい | 一樓 |
| 二階 | にかい | 二樓 |

三階	さんがい	三樓
四階	よんかい	四樓
五階	ごかい	五樓
六階	ろっかい	六樓
七階	ななかい	七樓
八階	はっかい	八樓
九階	きゅうかい	九樓
十階	じゅっかい	十樓
何階	なんがい	幾樓

MEMO

重點筆記欄

考前重點衝刺筆記欄

MEMO

合格新日檢：05

新日檢一次過關靠這本
N5文字・語彙

作者／楊美玲
審訂／渡邊由里
出版者／哈福企業有限公司
地址／新北市中和區景新街347號11樓之6
電話／(02) 2945-6285　傳真／(02) 2945-6986
郵政劃撥／31598840　戶名／哈福企業有限公司
出版日期／2013年10月
定價／NT$ 240元（附贈MP3）

全球華文國際市場總代理／采舍國際有限公司
地址／新北市中和區中山路2段366巷10號3樓
電話／(02) 8245-8786　傳真／(02) 8245-8718
網址／www.silkbook.com　新絲路華文網

香港澳門總經銷／和平圖書有限公司
地址／香港柴灣嘉業街12號百樂門大廈17樓
電話／(852) 2804-6687　傳真／(852) 2804-6409
定價／港幣80元（附贈MP3）

email／haanet68@Gmail.com
網址／Haa-net.com
facebook／Haa-net 哈福網路商城

郵撥打九折，郵撥未滿1000元，酌收100元運費，
滿1000元以上者免運費，團購另有優惠

國家圖書館出版品預行編目資料

新日檢一次過關靠這本——N5文字・語彙／
楊美玲◎編著／渡邊由里◎審訂
—初版. 新北市中和區：哈福企業
2013[民102]
面；　公分—（合格新日檢05）
ISBN 978-986-5972-06-6（平裝附光碟片）
1.日本語言–字彙

803.11　　　　　　　　　　　　101002625

Häa-net.com
哈福網路商城

Häa-net.com
哈福網路商城

Häa-net.com
哈福網路商城

Häa-net.com
哈福網路商城